Pierre Milliez

Le signe de Dieu…

Deuxième édition revue et corrigée

Roman fleuve, fleuve de vie

Du même auteur aux éditions Books on Demand

Témoignage
J'ai expérimenté Dieu

Études
La Résurrection au risque de la Science
ou étude scientifique de la résurrection de Jésus
à partir de la Bible et des 5 linges

Jésus au fil des jours I/III de la promesse à l'an 27
Jésus au fil des jours II/III de l'an 28 à juin 29
Jésus au fil des jours III/III de juin 29 à l'an 30

Pièces à conviction du Messie d'Israël
ou étude des reliques de Jésus

La somme existentielle, I/III Le mystère de Dieu
La somme existentielle, II/III Le mystère de l'homme
La somme existentielle, III/III La divinisation de l'homme

Conte poétique et philosophique
Le petit d'homme
L'élu

Roman
Le signe de Dieu

Recueil poétique
Aux trois amours

Éditeur : BoD – Books on Demand,
12/14 rond-point des Champs Élysées, 75008 Paris
Impression : BoD – Books on Demand, Allemagne

ISBN : 9782322201945

Dépôt légal : Janvier 2020

À tous ceux qui cherchent…
Et qui n’ont pas encore trouvé…

Les objets de la quête, les bâtiments décrits, les lieux visités sont réels.

Origine des extraits de la Bible, parole de Dieu :
Traduction d’après les textes originaux par le chanoine A. CRAMPON
Société de Saint Jean l’Evangéliste
Desclée et Co., Tournai 1939

Sommaire

1 Icône des icônes

Ce matin-là, Jacques Latour se rend sur les pelouses du Vésinet situées non loin de son habitation. Le regard perdu dans le vide, il repense aux derniers évènements… Cependant, à peine a-t-il commencé à profiter de la quiétude du lieu, qu'il est surpris par une voix, qui bien que faible, laisse transparaître l'ampleur du drame qui est en train de se produire.

- À l'aide, à l'aide…

En un sursaut d'altruisme, il sort de sa léthargie méditative et se dirige vers la voix en détresse toute proche. À quelques pas, un homme titube et s'écroule à ses pieds, le teint cireux, l'œil hagard.

Jacques se penche sur la victime et entend dans un dernier râle :

- La clé, le grand secret…

Une clé USB tombe alors de la main de l'homme. Jacques la saisit, la glisse dans sa poche machinalement, tandis que le malheureux perd connaissance. Il regarde alentour, tout semble étonnamment serein en ce premier week-end de juillet. Jacques aperçoit au loin deux hommes qui s'éloignent d'un pas précipité.

Jacques prend son portable et compose le 15. Un médecin lui demande de décrire l'état de la victime. Après quelques conseils, il l'informe de l'envoi immédiat du SMUR.

Tout troublé, Jacques ne peut dire le temps écoulé, mais très rapidement il entend une sirène. Deux hommes descendent du véhicule. Ils se présentent comme médecin et infirmier. Ils posent la victime sur un brancard et la chargent dans l'ambulance. Tandis que le médecin prodigue les premiers soins à la victime, l'autre revient vers Jacques :

- Connaissez-vous cet homme ?
- Non.
- Vous a-t-il parlé ?
- Il s'est effondré à mes pieds, je ne le connais pas.
- Avez-vous fouillé ses poches pour trouver son identité ?
- Je n'ai pas osé le toucher n'étant pas secouriste…
- Vous avez bien fait.
- Est-ce grave ? s'inquiète Jacques.
- Ne vous en faites pas. Vous avez fait tout ce que vous pouviez. Ne perdons pas de temps pour notre malade. Merci et au revoir.

Sur ces mots le deuxième homme monte dans l'ambulance à la place du conducteur. Il démarre et s'éloigne rapidement. Le bruit de la sirène s'estompe dans la chaleur de ce début d'été.

Bouleversé, Jacques rentre chez lui d'un pas lourd en essayant de réfléchir :

« Son contact… Cet homme était son contact » se dit-il avec des sueurs froides.

Il se remémore la conversation téléphonique de ce matin même :

- Monsieur Jacques Latour ?
- Oui
- Je m'appelle Jean Dugué et j'ai besoin de votre aide
- Que puis-je faire pour vous ?

- Vous êtes journaliste spécialisé dans les enquêtes… disons difficiles.
- C'est bien ça.
- Je suis ingénieur. J'ai été chargé d'une enquête de la plus haute importance, presque malgré moi. Depuis je me sens surveillé, régulièrement suivi. Je suis sans doute sur écoutes téléphoniques. Je vous appelle d'une cabine téléphonique car je crains maintenant pour ma vie.
- Pourquoi vous adressez-vous à moi, prévenez plutôt la police, conseille Jacques.
- C'est inutile, ils ne pourraient me croire. La mission qui m'incombe doit rester pour l'instant dans la plus stricte confidentialité. Il faut que je vous rencontre au plus vite ! Je vous propose de nous retrouver dans un lieu public.
- Bien, retrouvez-moi au parc des ibis du Vésinet, je serai sur le banc près du petit pont à 16h00. Comment vous reconnaîtrai-je ?
- Je tiendrais une revue « Voix » à la main. Quant à vous je vous propose de prendre la revue « Vérité ».
- D'accord.
- Merci beaucoup pour votre concours.

Les évènements se précipitent se dit Jacques, pourtant un lieu public, en pleine journée…

A mi-parcours, un nouveau bruit de sirène se fait entendre, mais Jacques n'y prête pas vraiment attention. La sirène déchire la quiétude de cette fin d'après-midi. Décidemment les ennuis s'accumulent se dit-il dans son for intérieur.

Arrivé devant son domicile, Jacques sonne pour s'annoncer selon son habitude, et entre. Il retrouve avec joie sa fille Jeanne, toute rayonnante de jeunesse. Elle a la beauté de sa mère pense-t-il. Il voit alors celle qui fut toute sa vie et qui est partie voilà plus de 5 ans de la maladie du siècle. Les évènements qu'il vient de vivre au parc le replonge dans un douloureux passé.

Mais sa fille Jeanne enjouée ne lui laisse pas le temps de s'attrister :

- Bonsoir Papa, t'es-tu bien oxygéné ?

Puis voyant la mine décomposée de son père Jeanne lui demande inquiète :

- Que t'arrive-t-il, papa, tu es blanc comme un linge ?
- Oui, excuse-moi, il faut que je te raconte. J'étais tranquillement sur un banc lorsque….

Jacques raconte ce qui lui est arrivé au parc.

Il vient juste de terminer son récit lorsque son portable sonne.

- Monsieur Jacques Latour ?
- Oui, répond t-il.
- Ici le SAMU, c'est bien vous qui nous avez appelé il y a environ une petite heure.
- Je vous ai appelé pour un monsieur qui s'est effondré devant moi sur les pelouses du Vésinet.
- Nous nous sommes rendus au lieu indiqué, nous n'avons trouvé personne…
- Je ne comprends pas, répond Jacques interloqué. J'ai vu un véhicule du SMUR arriver et emmener la personne.

- Oui, nous nous sommes dérangés pour rien…
- Mais, s'insurge Jacques, d'autres personnes ont dû voir la victime en plus de votre ambulance. Il y avait deux hommes sur un petit pont non loin du banc.
- Nous avons recueilli les témoignages de plusieurs personnes qui nous ont indiqué n'avoir vu aucune victime...

Jacques reste bouche bée, muet de stupeur, distrait de la fin de la communication par l'avalanche de ses pensées.

A la mine atterrée de son père, Jeanne s'attend à une mauvaise nouvelle. Jacques la met rapidement au courant.

- Ce n'est pas possible, s'exclame Jeanne.
- Je n'ai pourtant pas rêvé ! lui répond son père.

Puis son père poursuit réalisant soudain l'impensable :

- Pauvre homme, on en voulait sans doute vraiment à sa vie. Qu'est-il devenu ? Où l'ont-ils emmené ?

C'est alors que son père met machinalement la main à la poche, et en sort la clé USB :

- J'avais complètement oublié, l'homme au moment de s'effondrer devant moi m'a remis une clé USB en me disant : « la clé, le grand secret ».
- Donc tu n'as pas rêvé, en voici la preuve matérielle. Donne-la-moi, nous allons regarder sur l'ordinateur.

Ils se dirigent tous deux vers le bureau de Jacques. Celui-ci est, journaliste oblige, saturé de livres et de documents entassés dans des étagères.

Jeanne met la clé USB et sort l'ordinateur de sa veille :

- Voyons qu'avons-nous sur cette clé. Nous avons cinq répertoires : mission, clés, étapes, rencontre, Russie. Chaque répertoire contient un fichier texte, sauf le répertoire « étapes » qui en contient sept.
- Bien, imprimons les fichiers, ce sera plus simple.

Jeanne s'exécute mais arrivée au répertoire étapes, les fichiers ne s'ouvrent pas. Ils sont verrouillés par une clé.

- Ce n'est pas grave indique son père, passe au répertoire suivant.

C'est ainsi qu'ils prennent les pages imprimées et s'installent au salon.

- Voyons d'abord le fichier « mission », je te le lis, indique Jacques.

« Mission

De l'argent fait ton deuil, et le trésor cherche.
Il se tient à ton seuil, et te tend la perche.
Au Père soumets-toi, en l'amour unique.
Il te donne le toit, et rien ne te manque.

Pars de la Trinité, et trouve l'humanité.
Mort et ressuscité, vivant d'éternité,
cherche il est source, se mirant au Graal Saint.
Reprends donc ta course, assume mon dessein.

Pars du Saint Calice, et va au visage,

qui fait nos délices,
De sa vie se privant,
Il est le vrai Vivant,

comme le seul sage.
il aime avec passion.
avec consécration. »

- Ce n'est pas d'une limpidité absolue, s'exclame Jeanne.
- Cela ne pouvait pas être simple si tu te rappelles que l'homme m'a parlé du grand secret.
- Je me demande comment tout cela à un rapport avec ce « grand secret » dont il a parlé… Bon, à mon tour, je te lis le fichier « clés ».

Étapes	Clés
1	L'Étant
2	Son mystère
3	Sa signification
4	Sa caractéristique
5	Son nom
6	Son nom
7	Sa caractéristique

- Fichtre, voilà qui se complique, la clé contient des clés, s'exclame Jacques, souriant de son jeu de mots fort à propos pour détendre l'atmosphère.

- N'en profite pas pour prendre la clé … des songes, répond Jeanne promptement.
- C'est encore plus opaque que ce que nous venons de lire.
- Il faut reconnaître que tout cela semble bien mystérieux.
- Bon essayons la suite, le fichier « rencontre » va peut être nous éclairer, reprend Jacques.

« Je m'appelle Jean Dugué. Mon nom vous est inconnu. Si vous lisez ces lignes, c'est que je suis probablement retenu contre mon gré... Cependant je ne m'inquiète pas pour ma propre vie, seule compte la mission qui m'a été donnée, et que vous devez poursuivre coûte que coûte. S'il m'est arrivé quelque chose, m'empêchant de poursuivre la mission qui m'a été assignée, je vous supplie de la mener à bien. Les enjeux sont primordiaux pour des millions de personnes. »

Jeanne et Jacques lisent ensembles et sont étonnés par ce qu'ils découvrent. Ils poursuivent.

« Je vais tout vous expliquer.

Je suis veuf, mon épouse est décédée il y a vingt-cinq ans d'un accident de voiture. J'ai eu beaucoup de mal à reprendre goût à la vie. J'ai élevé seul mon fils qui va sur ses 28 ans.

Un samedi de début avril je me promenai au milieu du parc des ibis au Vésinet, lorsqu'un vieillard en complet gris avec une longue barbe blanche m'aborde :

- Bonjour Monsieur Dugué.

Interloqué je lui réponds :

- Excusez-moi, nous nous connaissons ?

Le vieillard m'indique un banc et m'invite à m'asseoir avec lui. Il me dit alors de façon très énigmatique :

- Vous me connaissez par les Écritures. Je suis celui dont Jésus dit en parlant à Pierre : « Si je veux qu'il demeure, que t'importe ».

Je le prends d'abord pour un de ces fous fanatiques des écritures, ou un de ces vieillards ne sachant plus bien ce qu'il dit. Cependant, en croisant son regard, je remarque en lui quelque chose de profond, un regard tel que je n'en avais jamais vu, qui donne soudain un grand crédit à ses dires.

Puis le vieillard continue :

- J'ai vu votre vie jusqu'à aujourd'hui…

Il plongea son regard dans le mien, je me sentis très mal à l'aise, comme un enfant pris en faute… Ma vie n'a rien d'extraordinaire. Je n'ai certes pas spécialement fait de mauvaises actions, mais pas beaucoup de bonnes non plus.

Le vieillard continue sans me laisser le temps de m'appesantir sur moi-même :

- N'ayez pas peur, il ne m'appartient pas de juger. J'ai besoin de vous.
- Comment est-ce possible ? Pourquoi moi ? Que me voulez-vous ?

Le Vieillard ne prend pas la peine de répondre mais continue :

- Je vous demande d'entreprendre un chemin qui vous conduira au secret ultime.
- Quel chemin ? Quel secret ?

Le Vieillard poursuit :

- Vous accomplirez le chemin demandé, car celui qui « Est » vous le demande à travers moi.

Prenant dans sa poche un objet, il me le tend en disant :

- Sh'ma[1] ! Cette clé USB ouvre le parcours initiatique. Tu liras la parole écrite et tu accompliras la mission qui t'est dévolue, au fur et à mesure, en respectant les étapes.

---

[1] Écoutes et obéis en hébreu

Me voyant interloqué avec la clé USB dans la main, et devinant ma pensée, il poursuit :

- Vous noterez vos découvertes sur la clé au fil du temps. Si vous êtes empêché de poursuivre ta mission, vous trouverez sur votre route une personne à qui vous remettrez la clé. Elle l'achèvera alors la mission à votre place.

Le Vieillard se lève alors, et s'éloigne. Sa silhouette s'efface lentement dans la lumière de ce début de printemps.

Stupéfait, je reste quelques instants à me demander si j'ai rêvé ou non, mais la clé USB, nichée dans ma main, authentifie cette rencontre.

Avide de connaître le contenu mystérieux de cette clé, je hâte le pas. Revenu chez moi, seul, mon fils étant en déplacement pour son travail, je branche la clé sur mon ordinateur. Je découvre que la clé USB contient 9 fichiers : un fichier mission, un fichier clés et 7 fichiers dénommés étape 1 à étape 7. En essayant d'ouvrir les neufs fichiers pour les imprimer, je me rends compte que les 7 fichiers étapes sont protégés par un mot de passe …

Je veux commencer par comprendre avec les textes accessibles directement.

La mission m'apparaît générale et donc difficilement compréhensible. Déjà au premier verset tout commence par une ambivalence : « De l'argent fait ton deuil, et le trésor cherche. »

Étant chrétien, je fais des recherches dans la Bible. Je trouve que « il se tient à ton seuil, et te tend la perche » fait écho à la Bible, Apocalypse 3,

20a : « **Voici que je viens à la porte et je frappe : si quelqu'un entend ma voix et ouvre la porte, j'entrerai chez lui, je souperai avec lui et lui avec moi.** ». Je comprends également que : « Au Père soumets-toi, en l'amour unique. Il te donne le toit, et rien ne te manque » fait écho à Matthieu 6, 33 : « **Cherchez premièrement le royaume de Dieu et sa justice, et tout cela (le reste) vous sera donné en plus.** ».

Pour les deux autres quatrains, je ne trouve pas le sens, ceux-ci s'éclaireront sans doute par la suite. »

Jeanne et Jacques restent déconcertés par la lecture de ce fichier.

Après quelques instants de silence, Jacques dit à sa fille :

- Poursuivons avec la lecture du dernier fichier « Russie » accessible pour nous faire une juste opinion.

Jeanne et Jacques sont à cent lieues de pouvoir imaginer que pendant ce temps…

Léon Camé rentre tranquillement dans son appartement loué à Arcueil après avoir partagé une bière avec son camarade Boris au café du coin. Il est satisfait, l'opération commanditée s'est passée au mieux et il a réglé Boris directement en euros.

Léon Camé était agent dormant du KGB[2], infiltré comme fonctionnaire au ministère de la défense. Depuis la chute du régime soviétique, il s'est retrouvé à la dérive avec une vie à gérer dépourvue de sens. C'est en ce moment de perdition qu'il fut contacté par Natas. Ce dernier, il ne l'a jamais vu, mais à chaque mission réalisée pour son compte, il a toujours été payé en retour.

Léon, ex colonel du KGB, utilise à chaque fois que nécessaire les compétences opérationnelles de son ancien comparse Boris qui dispose d'une petite équipe.

Léon s'installe, décroche le téléphone et compose un numéro. Dès la première sonnerie il entend que l'on décroche :

- Ici Léon Camé, bonjour Monseigneur, j'appelle pour vous rendre compte.
- Je t'écoute.
- L'individu missionné par le « Vieux » est hors d'état de nuire.
- Explique-toi.

---

[2] En russe « Komitet Gossoudarstvennoï Bezopasnosti » soit Comité pour la Sécurité de l'État » principal service de renseignement post-stalinienne.

- Nous avons utilisé un poison naturel qui a entraîné une défaillance cardiaque.
- T'es-tu assuré de n'avoir laissé aucune trace ?
- Oui, nous avons emmené l'individu dans un de nos véhicules SMUR et il est en cours d'élimination.
- Y a-t-il eu des témoins de la scène, s'inquiète Natas.
- Nous avons eu un seul témoin car l'individu s'est écroulé à ses pieds.
- Vous avez suivi ce témoin, bien sûr ! reprend Natas, visiblement agacé.
- Ce n'était pas nécessaire. C'était un individu sans consistance, il nous a indiqué qu'il ne connaissait pas l'individu et qu'il n'avait pas osé fouiller ses poches.
- Et pour le reste ? s'impatiente Natas.
- Alors après le départ de l'individu, j'ai laissé quelques uns de nos éléments servir de faux témoins pour l'équipe du SMUR envoyé par le SAMU.
- Parfait, il a payé très cher son voyage en Russie, ce pays qui nous appartenait presque complètement, répond Natas en baissant la voix marquant quelques regrets dans la voix.
- Oui, répond servilement Léon Camé sentant la conversation déraper.

Natas se radoucit :

- Et toi, tu es satisfait cette fois-ci…
- Oui, satisfait du travail bien fait, répond Léon Camé.
- J'espère que tu dis vrai…

Léon pensait en avoir fini avec cette affaire mais elle allait lui revenir de façon inattendue…

Au même moment, Jeanne et Jacques commencent à lire le fichier intitulé Russie :

« Afin d'ouvrir le fichier correspondant à la première étape de la mission, je cherche à résoudre l'énigme :

- **« La clé est l'Étant. »**

« Étant » est le participe présent du verbe être. L'Étant par excellence, surtout avec une majuscule, est Dieu, car Dieu est l'Étant suprême. Le verbe être fait penser à la rencontre de Dieu avec Moïse dans l'épisode du buisson ardent raconté au début du livre de l'exode. Lorsque Moïse demande son nom à Dieu, ce dernier répond : « » (Exode 3, 14).

Je pense que la clé est « Dieu ». Je tape « Dieu », mais le fichier reste verrouillé, ce n'est pas le mot de passe permettant de l'ouvrir.

J'essaie ensuite tous les noms ou qualificatifs de Dieu trouvés dans la Bible (Adonaï, Très-Haut…), mais aucun mot ne fonctionne…

En réfléchissant encore, je me suis dit que le participe présent indique une action. L'Étant, c'est celui qui est dans l'action d'être. Or Dieu est le seul qui est sa propre raison d'être, qui ne doit l'être qu'à lui-même, mais « Étant » ne marche pas non plus.

Je suis affecté de mon incapacité. Dès le début je suis en échec…

Le lendemain je me reprends et décide de me faire aider par un ami théologien en allant chez lui.

Nous échangeons et il me dit :

- « La clé est l'Étant ». La clé est le nom de l'Étant. Tu as essayé en vain tous les noms ou qualificatif de Dieu. Le problème, c'est que Dieu n'a pas de nom. Il est l'innommable. La transcendance de Dieu ne peut être enfermée dans un nom, forcément limité. Dans l'ancien testament les hébreux refusent d'appeler Dieu par un nom.

Je réplique à mon ami :

- Mais alors s'il n'y a pas de nom à trouver et que le mot « Étant » ou « l'Étant » ne marche pas non plus…

Ce dernier me dit :

- En fait les hébreux donnent à Dieu quand même un nom, le tétragramme « YHWH ». Ce tétragramme est une forme ancienne du verbe être. L'hébreu s'écrit sans consonne, avec consonne cela donne « YaHWeH ». Tu peux essayer ces deux écritures.

En entrant les lettres, je guette fiévreusement l'écran…

Le fichicr s'ouvre ! L'Étant est « YHWH ».

Je commence donc le chemin indiqué par le vieillard par le mot qui est à l'origine de tout ce qui est, le mot qui dit l'Être même de Dieu.

Commence alors la première étape, avec une énigme :

« Icône consacrée, patrie Sainte Mère,
les trois sont un sacré, les deux sont au Père.
L'icône est beauté, du saint monastère,
Dieu Un et Trinité, au cœur du mystère. »

En lisant ce verset, j'ai ressenti une résonance avec le deuxième verset de la mission que je me suis empressé de relire.

Pars de la Trinité, et trouve l'humanité,
mort et ressuscité, vivant d'éternité.
Cherche il est source, qui se mire au Graal Saint.
Reprends donc ta course, et assume mon dessein.

Le début de la deuxième strophe de la mission indique « Pars de la Trinité ». La strophe de la première étape indique « les trois » et « Trinité ». En plus il est question d'une icône, et d'un monastère. Une icône est à rechercher dans un monastère. L'icône contient sans doute des informations permettant de poursuivre. Je tourne l'énigme dans tous les sens mais je suis dans l'impasse. Où la trouver ? Dans quel pays est-elle ? Et dans quel monastère ?

Je décide de retourner voir mon ami théologien. Je me rends à son couvent. Le portier me reçoit très gentiment. Il m'annonce que le père Pierre est en déplacement à Dijon où il donne une conférence sur la Bible. À son retour il lui fera part de ma visite et m'assure qu'il me recontactera dès que possible.

Trois jours plus tard un rendez-vous est fixé. Mon ami m'accueille avec sa bienveillance habituelle qui me fait chaud au cœur. Ce dernier comprend de suite que les mots « patrie Sainte Mère » sont une indication pour le pays qui nous intéresse :

- A première vue il pourrait s'agir de la Palestine. En effet la Sainte Mère de Jésus a vécu dans ce pays. Mais la

Palestine n'est pas le pays des icônes. L'expression « Sainte Mère » est aussi utilisée par les anciens Russes pour parler de leur patrie. Les Russes, fiers d'être devenu le principal pays orthodoxe après la chute de Byzance, appellent leur patrie : « la Sainte Mère Russie ». Les Russes ont d'ailleurs repris le flambeau de Byzance pour l'iconographie.

J'indique alors à mon ami :

- Oui, mais la Russie c'est grand, c'est même gigantesque… et une icône, c'est très petit…
- Si tu veux poursuivre ta quête, tu dois aller en Russie trouver une icône dans un monastère. Je ne peux malheureusement pas t'en dire davantage sur le sujet. Je suis bien conscient de ne pas t'avoir beaucoup aidé. La Russie est vaste, et malgré les destructions des temps de la persécution religieuse, les monastères restent nombreux. Il se pourrait d'ailleurs que le monastère en question ait été détruit.

Rentré à mon domicile, je me rends compte que je n'ai pas beaucoup progressé car chercher une icône dans un monastère en Russie c'est comme chercher un trèfle à quatre feuilles dans un champ de luzerne.

Je me désespère de trouver lorsque j'ai une idée. Je me souviens de nos amis les Delba, lui est haut fonctionnaire. Un de leurs enfants, Serge, est devenu moine orthodoxe. Il a vécu plusieurs années à Londres avec le moine Sophrony, disciple de saint Silouane du Mont Athos.

Le père Serge a appris par lui-même la langue russe. Après le décès du père Sophrony, il a rejoint le monastère de Valaam près de Saint-Pétersbourg. Le monastère de Valaam est situé sur l'île de même nom dans les environs de Saint-Pétersbourg. C'est l'un des plus grands et des plus célèbres monastères de Russie.

C'est ainsi que je pars à l'aventure après avoir réglé les détails administratifs, visas, billets d'avion, réservation d'hôtel… Ayant pris rendez-vous avec le père Serge, je compte sur lui pour me servir de guide et d'interprète une fois arrivé sur place. »

En finissant ces lignes, Jeanne interroge son père du regard. Elle comprend à la lecture du regard de son père que tout ceci est aussi mystérieux pour lui que pour elle. Ils poursuivent alors la lecture.

« Je décolle par un vol d'Air France à 7h00 et atterris à Moscou à 12h35.

Après le passage par les formalités administratives, je me retrouve dans le hall des arrivées de l'aérogare.

J'aperçois alors un groupe de moines tout de noir vêtu. Je m'interroge sur la façon de reconnaître « mon moine », car ils ont tous un air de famille avec leur longue barbe et leur visage ascétique. Est-ce leur dévotion qui leur donne un air de famille ? J'allais me diriger vers eux lorsqu'un jeune moine franchit le portillon des arrivées avec un gros sac de cuir usé. Le groupe l'entoure de forces accolades et de mots chaleureux d'accueil. Je suis ainsi de suite renseigné. Je n'étais pas « l'attendu », du moins par ce groupe.

J'aperçois alors un moine orthodoxe isolé. En m'approchant et grâce à l'échange de photos, nous nous identifions facilement. Il est de taille moyenne, très mince. Son front est large et haut. Ses yeux sont pétillants de vie et de malice. Sa barbe bien fournie se divise en deux parties sous le menton.

Nous faisons joyeusement plus ample connaissance.

J'explique à demi mot au père, de crainte d'être écouté, l'objet de ma visite :

- Comme vous le savez je suis ici pour… disons pour une mission particulière.
- Je vous aiderai avec plaisir.
- Pouvons nous nous installer dans un endroit calme et…

Le Père Serge comprend immédiatement et s'exclame :

- Suivez-moi, nous allons prendre ma voiture.

Nous arrivons sur le parking. Le père s'arrête devant une vieille Lada. Je charge ma valise dans le coffre et nous nous installons dans l'habitacle.

Après quelques minutes de trajet nous longeons dans une rue déserte un jardin public et nous nous garons. Le père Serge dit alors :

- Nous allons rester dans la voiture, par souci de discrétion, pour échanger.

J'indique alors au père la mission confiée par le vieillard et ma décision de partir pour la Russie. Puis je lui lis la strophe de la première étape :

« Icône consacrée, patrie Sainte Mère,
les trois sont un sacré, les deux sont au Père.

L'icône est beauté, du saint monastère,
Dieu Un et Trinité, au cœur du mystère. »

Le père Serge prend quelques instants de réflexion. Ce qui, il y a encore peu de temps était bien mystérieux pour tous, semble se dévoiler pour le père Serge. Il s'efforce de m'expliquer :

- Vous avez compris que la Sainte Mère patrie est la Sainte-Russie puisque vous êtes ici. L'icône recherchée est l'icône dite de la Sainte Trinité de Roublev. Elle était dans le monastère de la Sainte Trinité. Elle devait même être sur l'iconoclaste. Cette cloison sépare la partie réservée aux fidèles dans l'église de la partie réservée au Saint des Saints où seuls les prêtres pénètrent.

Inquiet je demande au père :

- Vous parlez au passé mon père ?

Le père Serge poursuit :

- Rassurez-vous cette icône existe toujours. Elle nous parle des mystères de la Sainte-Trinité. « Les trois sont un sacré », signifient les trois personnes divines. Le Père, le Fils et le Saint-Esprit sont un seul Dieu. En fait l'icône de Roublev est dans une galerie à Moscou.
- Est-il possible de la voir ?
- Oui, je devrais pouvoir vous y accompagner.

Le père Serge démarre sa voiture et se faufile dans un dédale de rues, véritable labyrinthe pour qui ne connaît pas cette métropole.

Après un trajet de quelques dizaines de minutes, il se gare non loin de la galerie Tretiakov de Moscou. Le bâtiment est l'ancien hôtel particulier de l'entrepreneur, collectionneur, et mécène Pavel Tretiakov. Sa façade comprend trois portes, une principale encadrée par deux secondaires. À l'intérieur une galerie déploie sa beauté majestueuse avec ses piliers massifs, marbrés gris, soutenant une voûte légèrement incurvée. De superbes lustres en cristal scintillent de leurs mille facettes. La galerie abrite la plus importante collection d'art russe au monde avec 100.000 œuvres, dont une partie seulement est exposée dans les 62 salles aménagées sur deux niveaux.

Le père Serge, qui semble bien connaître les lieux, m'amène directement devant l'icône de la Trinité de Roublev.

Soudain beauté au milieu de beautés, sommet de l'art religieux, elle est là. Elle n'est pas que l'œuvre d'un génie de l'art iconographique, mais l'œuvre d'un grand mystique chrétien. L'icône transcrit l'écriture sainte. Bien qu'étant un simple morceau de bois peint de 142 cm de haut sur 114 cm de large, elle contient une grande quantité d'informations.

Elle représente les trois anges venus visiter Abraham au chêne de Mambré pour lui annoncer, ainsi qu'à sa femme Sarah, qu'ils attendraient un fils malgré leur grand âge. Mais au-delà du thème représenté, elle dit Dieu. Elle dit la Trinité, Une.

Après m'avoir laissé le temps de m'imprégner par l'icône, le père Serge s'exclame :

- Ainsi donc voilà le but de votre voyage atteint. Cependant, vu l'intérêt que vous portez à cette icône, je ne veux pas vous laisser quitter notre terre sans rencontrer un fin connaisseur de la Trinité de Roublev. Il s'agit du père Séraphin qui demeure au monastère de la Trinité d'où provient précisément l'icône de la Trinité. Il vous parlera en détail de cette merveille qui contient la quintessence de notre foi, sous une apparence simple.

- Merci père, mais où est situé ce monastère ?
- La laure de la Trinité se trouve à Serguiev Possad (ou Zagorsk) à moins de cent kilomètres de Moscou. Par contre, comme il est déjà tard et que vous devez être fatigué par le voyage, il est plus raisonnable de nous y rendre demain et d'y passer la journée.

Le Père Serge me dépose à mon hôtel en me laissant ses coordonnées téléphoniques.

Je m'endors facilement, réjoui de mon périple en Russie, de la rencontre du fils de mes amis, et de la perspective de rencontrer demain le « spécialiste » de l'icône de Roublev.

Le lendemain, le père Serge vient me chercher.

Après avoir jeté un coup d'œil furtif dans son rétroviseur, le père Serge me prévient :

- Regardez droit devant vous, ne vous retournez surtout pas. Nous sommes suivis, sans doute depuis que nous avons quitté votre hôtel. Nous allons changer de voiture par mesure de sécurité.

Le Père ralentit et s'arrête dès qu'il trouve une place pour ne pas gêner la circulation. Il appelle de son téléphone portable. Ne parlant pas Russe, je ne comprends mot. Après avoir raccroché il me dit :

- Tout est arrangé, vous allez suivre mes instructions.

Nous roulons encore quelques minutes et nous entrons dans un monastère. La double porte se referme immédiatement derrière nous.

Un père orthodoxe s'avance, nous salue et nous entraîne à l'intérieur.

Quelques instants plus tard, la vieille voiture Lada du père Serge ressort habitée d'un moine et d'un laïc. Elle est immédiatement suivie par une autre voiture noire qui démarre à la vue de la voiture du père Serge.

S'étant assuré que la voie est libre, nous sortons avec le père Serge comme deux moines orthodoxes du monastère par une petite porte donnant sur une autre rue. Nous nous dirigeons vers une Volga noire et démarrons immédiatement.

La voiture n'a pas fait cent mètres, que nous éclatons de rire à la pensée de la déconvenue de ces hommes de l'ombre lorsqu'ils découvriront qu'ils ont été floués.

J'enlève la robe de moine.

Nous circulons encore une vingtaine de minutes à travers Moscou, puis nous nous retrouvons sur une route en direction de Zagorsk. À ce moment là, la conduite demandant moins d'attention, j'interroge le père :

- Père, qui sont ces personnes qui nous suivent ?

Le père prend son temps pour me répondre :

- Ces personnes sont les héritiers de la dictature marxiste léniniste qui s'est instaurée suite à la révolution de 1917. En 1990 et 1991, l'URSS se délite jusqu'à la démission de son président Gorbatchev le 25 décembre 1991. Mais quelques anciens des services secrets n'ont pas acceptés l'évolution de leur pays. Ils continuent à croire à l'instauration du paradis marxiste. Ils sont communismes athées. Pour eux, Dieu n'existe pas.

Après un temps de recueillement, je demande au père Serge :

- Mais comment ce régime a-t-il pu durer si longtemps ? Et pourquoi des communistes continuent-ils à croire à cette utopie ?

Le père laisse un temps de silence, puis s'interroge en me renvoyant une question en écho à la mienne :

- Pourquoi l'Occident a-t-il cru si longtemps à la propagande communiste sur le paradis soviétique ?

Nous restons ensuite silencieux, plongés dans nos réflexions. C'est ainsi que nous atteignons la ville de Zagorsk à 80 km au nord-est de Moscou.

La ville sainte de Serguiev Possad est débaptisée Zagorsk durant la période communiste. Elle fait partie de l'anneau d'or constitué par plusieurs villes princières remarquables pour leurs ensembles architecturaux. Ces villes dessinent un anneau protecteur autour de la capitale russe.

La grandeur de Serguiev Possad s'explique par la grandeur et l'envergure du monastère de la Trinité-Saint-Serge de Radonège. Ce monastère a marqué l'histoire de la principauté de Moscou. Fondé au XIVe siècle par Serge de Radonège, patron de la Russie, il est considéré comme le cœur de l'orthodoxie russe.

Le père Serge m'indique qu'il a pris rendez-vous avec le père Séraphin, mais que nous pourrons visiter dans l'après-midi la laure.

Après une dizaine de minutes d'attente, un petit père avec une chevelure clairsemée et une longue barbe blanche s'immobilise devant nous. Il est légèrement voûté par le poids des ans. Il pose sur nous un regard emprunt de bonté. Dans ses yeux, qui ont dû vivre tant d'années et d'épreuves, brille une espérance. Celle-ci est si forte que nous nous sentons rassérénés par cette lumière intérieure dont il rayonne. Le père Serge traduit les salutations :

- Votre venue de France, la fille aînée de l'Église, me réjouit. L'intérêt que vous portez aux icônes réchauffe mon cœur de vieillard. Je me rapproche chaque jour de notre Créateur, et il faut que la tradition orale soit transmise aux nouvelles générations et à tous les peuples de la terre.

Le père Serge explique au père l'objet de notre visite, l'icône de la Trinité de Roublev.

Le Père Séraphin, grand spécialiste des icônes nous conduit d'abord dans la cathédrale de la Trinité, de pierres blanches vêtues. Le père nous montre l'emplacement originel de l'icône en bas de l'iconostase de la cathédrale, où demeure une copie de l'original. Le père Serge précise à notre attention que l'iconostase est la cloison qui sépare le chœur de la nef :

- Les orthodoxes sont restés très attachés à la tradition. L'iconostase représente la limite du saint des saints, le lieu où seuls les prêtres pénètrent, pour célébrer la divine liturgie. Le Saint des Saints existait déjà dans le premier temple édifié à Jérusalem pour recevoir l'arche d'alliance.

Le père Séraphin nous emmène ensuite dans une pièce où se trouve en grandeur nature une copie de l'icône du mystère trinitaire. Visiblement passionné, il se lance dans une explication. Le père Serge tente de traduire :

- L'icône est une méditation sur la Trinité, sur la vie intime de Dieu, sur le salut du monde. L'icône dit le Dieu, Un en trois personnes divines : le Père, le Fils, le Saint-Esprit. Les trois personnes divines sont dans un cercle.

Le visage du père est toute paix et joie intérieures. Il nous tend un petit fascicule explicatif avec photos sur l'icône :

- L'icône est en mouvement avec les trois personnages par le jeu des regards : le Père regarde le Saint-Esprit. Le Saint-Esprit regarde le Fils. Le Fils regarde la coupe. Le Père rejoint l'homme par le Saint-Esprit dans l'incarnation du Fils, Sauveur du monde. La main bénissant du Père et la coupe sont au centre de la

Trinité. La coupe se trouve au centre d'une coupe formée par les deux anges latéraux de la tête aux pieds.

Après nous avoir détaillé chaque partie de l'icône, le père Séraphin nous dit :

- Vous trouverez tout ce que je viens de vous expliquer dans le petit document remis. Je tiens à souligner la découverte très étonnante faite lors de la restauration de cette œuvre. En enlevant les couches de peinture successives, les peintres ont mis à jour les traits du Visage de Jésus, à la surface de la coupe. Le Fils, représenté par l'ange de droite, se penche sur la coupe et y contemple sa Face. Il accepte sa mission de Sauveur des hommes.

Avec ces paroles je commence à comprendre la deuxième strophe de la mission « **Pars de la Trinité…Cherche il est source, qui se mire au Graal Saint,** »…

Le père Séraphin en se levant dit alors :

- Voilà tout ce que je pouvais vous dire sur cette œuvre d'art qu'est l'icône de la Trinité. Au-delà de la recherche de la beauté, il y a la quête de Dieu. L'icône est le fruit de la vie mystique d'Andreï Roublev canonisé en 1988. C'est cette année là qu'eurent lieu les festivités du millénaire de la christianisation de la Russie.

Le Père Serge comprend qu'il est temps de prendre congé :

- Nous vous remercions père, d'avoir consacré du temps à nous aider à découvrir l'icône de Roublev. Grâce à votre éclairage, nous la comprenons mieux à présent.

Sur ces mots nous quittons le père Séraphin à regret, tant le père est passionnant lorsqu'il parle de l'icône de la Trinité avec l'éclairage de sa foi.

En quittant le monastère nous décidons de passer le reste de la journée à Serguiev Possad. Les douze coups de midi retentissent dans le ballet des carillons des cloches du monastère.

Quelques instants plus tard je me remémore les informations sur l'icône données par le père le matin. Mon esprit est en ébullition, impatient de connaître la deuxième étape. J'espère que le père Serge m'aidera à résoudre la seconde énigme.

Après nous être restaurés, nous visitons Serguiev Possad.

Le père Serge, devenu plus Russe que français, explique les joyaux de sa nouvelle terre en me servant de guide :

- La Laure de la Trinité Saint-Serge est un lieu de pèlerinage et un des plus anciens lieux de culte. Elle est le siège historique de l'église orthodoxe Russe. Le monastère fortifié comporte une porte majestueuse et monumentale. Cet édifice rappelle le rôle militaire des monastères au XIVe siècle alors que Moscou était défendue par une chaîne de monastères-forteresses appelés lavras.

- Les bâtiments religieux comprennent la cathédrale de l'Assomption construite sous le tsar Ivan le Terrible. L'édifice comprend cinq dômes, un dôme central doré entouré de quatre dômes de couleur bleu étoilé. La coupole au-dessus de la nef de l'église orthodoxe symbolise le ciel au-dessus de la terre. Les cinq coupoles représentent le Christ avec autour les quatre évangélistes. Les quatre évangélistes nous montrent le Christ, et le Christ nous montre le ciel.

Le père Serge continue sans se lasser :
- La couleur or représente Jésus, la couleur bleu représente l'Esprit de Dieu. La couleur or marque la victoire de Jésus par sa résurrection. La couleur bleu indique que l'Esprit de Dieu a inspiré les quatre évangélistes.
- Le complexe religieux comprend la cathédrale de la Sainte-Trinité qui abrite la tombe de Serge de Radonège, saint populaire de Russie. Il s'y trouve également l'église-réfectoire de Saint-Serge, et dominant le tout, le clocher à cinq étages garni à l'origine de vingt-cinq cloches.

Après cette journée bien remplie nous rentrons sur Moscou, et le lendemain je reviens en France… »

Après la lecture du fichier Russie sur la clé remise par l'inconnu, Jeanne et son père reste muet de stupeur.

Jeanne est la première à rompre le silence :

- Qu'est-ce qui nous arrive ? est-ce une farce, une mascarade ?
- Je t'assure, le monsieur qui s'est effondré à mes pieds dans le parc n'avait pas l'air de plaisanter, et le SAMU non plus d'ailleurs !
- Oui, mais pour autant nous ne pouvons pas dire que faire un déplacement en Russie juste pour voir une icône soit réaliste.
- Laissons faire le temps, nous en reparlerons, conclut Jacques.

Jeanne et Jacques n'évoquèrent plus le sujet du Weekend, mais chacun restait dans ses réflexions. Jacques se disait : « et si… ». Jeanne pensait : « mais pourquoi… ».

2 Graal mythique

La semaine suivante suivit son cours normal, du moins en son début….

Mercredi soir Jacques écoute, comme à son habitude, les nouvelles de 20h00 lorsque la sonnette de l'entrée retentit. Il est seul, sa fille est partie au cinéma avec une amie. Il se lève ouvre la porte. Un jeune homme de taille moyenne, mais très trapu, dense, se tient devant lui et lui demande :

- Bonsoir vous êtes bien Monsieur Jacques Latour ?
- Oui.
- Je suis Augustin Dugué. Il faut absolument que je vous parle. Vous avez secouru mon père dans les jardins du Vésinet…
- Mais…
- Je vous en prie.

Après quelques instants d'hésitation, Jacques bienveillant répond :

- Entrez, nous serons mieux pour parler à l'intérieur.

Augustin semble inquiet. Jacques, compatissant, se prend immédiatement de sympathie pour lui et l'invite à s'asseoir :

- Expliquez moi comment vous avez pu remonter jusqu'à moi.
- Mon père m'a appelé sur mon portable et a laissé un message, il se sentait menacé. Malheureusement j'arrive trop tard de retour de mon voyage d'affaires.

- Mais comment avez-vous fait pour trouver mes coordonnées ?
- Je fais partie des services… disons spéciaux. Lorsque je suis arrivé chez mon père, constatant son absence, j'ai fait le lien avec le message enregistré. J'ai alors contacté les hôpitaux, puis le SAMU. Par ce dernier organisme j'ai pu récupérer vos coordonnées.
- Mais…
- S'il vous plait dites moi ce que vous savez sur mon père.

Jacques raconte le coup de fil mystérieux reçu de Jean Dugué, et tout ce qu'il a vécu ensuite dans le parc des ibis du Vésinet.

Les questions fusent alors dans la tête d'Augustin presque malgré lui :

- Etait-il très mal en point ? Pensez-vous qu'il va s'en sortir ? Je suis très inquiet pour lui, où peut-il être à présent ? Je remuerai ciel et terre pour le retrouver.

Jacques se fait écoute et laisse Augustin exprimer tout son ressenti. Puis ce dernier se calme :

- A-t-il eu le temps de vous parler de sa mission, de son voyage en Russie ?
- Non, mais il m'a laissé une clé, sur laquelle j'ai pu lire son périple en Russie…
- J'étais à cent lieues d'imaginer les risques de cette entreprise, répond Augustin désemparé.
- Que comptez-vous faire ?
- Pour l'instant je ne sais pas. Il faut que je m'occupe des affaires de mon père.

- Si je peux faire quelque chose pour vous aider n'hésitez pas. De mon côté, je me sens missionné par votre père dont les paroles reçues sont : « La clé, le grand secret… ».

Augustin reste pensif. Jacques respecte ce silence. Puis soudainement :

- Je dois vous quitter maintenant, informe Augustin en se levant. Par contre je vais vous laisser mes coordonnées que vous poursuiviez la mission ou que vous l'arrêtiez, tenez moi au courant. Voici ma carte. Je vous recommande la plus grande prudence, attention aux écoutes …
- Je vous le promets, nous restons en liaison, indique Jacques en se levant et en raccompagnant Augustin à la porte. Puis avec une pointe d'humour déplacé : Je pense que vous n'avez pas besoin de ma carte …

Jacques attend fébrilement le retour de Jeanne pour lui raconter cette soirée inattendue. Décidemment la vie sait être parfois monotone au point d'être ennuyeuse, ou soudainement aventureuse jusqu'à satiété.

Deux jours plus tard, Jacques Latour se rend vers 11h00 dans le bureau du rédacteur en chef. Quelques instants après, il en ressort tout joyeux. Enfin une enquête à sa mesure : **le Graal, le mythique Saint Graal !**

Jacques Latour passionné de littérature et d'art s'était dirigé vers sciences po, puis l'école de journalisme de Lille. Il était entré dans un quotidien régional pour s'occuper pendant trois ans de la rubrique des faits divers, dite des « chiens écrasés » dans le jargon journalistique. Fort heureusement il avait ensuite trouvé un poste davantage à sa mesure au mensuel national. En une vingtaine d'années, il s'était confronté à toutes sortes d'enquêtes aux quatre coins du monde. Il était devenu une référence au journal « Vérité ».

Ce journal se caractérise par l'indépendance de sa rédaction. Sa déontologie est la quête de l'information vraie illustrée par sa devise « La Vérité vous rendra Libre ».

Du côté de sa vie privée, Jacques était marié. Il avait eu une fille, Jeanne, qui terminait son année de master en mathématiques pour ses 22 printemps. Jacques avait eu la douleur de voir son épouse saisie par le « crabe[3] ». Après une lutte de plusieurs années, elle avait fini par succombée, il y a un peu plus de 5 ans.

Jacques retourne dans son bureau pour se remémorer le dernier échange avec son rédacteur en chef. Il prend souvent un temps de recul pour analyser les nouvelles informations. Cet exercice lui est nécessaire pour prendre pleinement conscience des derniers évènements.

Environ une heure auparavant, il recevait un coup de fil :

- Allo, bonjour. C'est Pierre Canquelou, peux-tu passer me voir dès que possible ?
- J'arrive tout de suite, si cela te convient.
- Ok, merci.

---

[3] Nom grec du cancer.

Quelques minutes après Jacques frappe au bureau du rédacteur en chef, non sans quelques appréhensions sur d'éventuels reproches, ou l'inconnu des demandes d'enquêtes.

- Entre, clame Pierre qui l'attend.

Le seuil franchi, les appréhensions de Jacques s'évanouissent dès qu'il croise le regard de Pierre.

- Mon cher Jacques…

Ce début de phrase et le ton de la voix le rassure immédiatement sur les bonnes intentions du rédacteur en chef à son égard. Ce dernier poursuit :

- … notre journal « Vérité » recherche à distinguer la réalité du mythe, les faits historiques des légendes.
- En quelque sorte le vrai du faux, répond Jacques malicieux.

Ce début de phrase est de bonne augure et un sourire s'esquisse sur son visage tandis que le rédacteur en chef poursuit.

- Reconnaissant tes qualités de rigueur et d'analyse, l'équipe de direction me charge de te faire la proposition suivante.

A cette phrase un doute s'insinue dans l'esprit de Jacques sur la difficulté de l'entreprise, mais son chef poursuit.

- Nous te proposons une enquête qui peut faire l'objet d'une série d'articles dans notre revue, ou d'une édition spéciale selon ce que tu auras trouvé.

L'attente de connaître le sujet fait monter l'intérêt et la curiosité de Jacques.

Pierre poursuit :

- Pour cette mission, compte tenu de l'importance du sujet et de ses conséquences possibles, la direction prévoit quatre semaines d'activités. Cependant officiellement tu es en vacances. Nous assurerons les régularisations a posteriori… si tout va bien…

Le « si tout va bien » tombe dans un silence comme un couperet. Jacques ne veut pas l'interrompre et pense à une maladresse orale. Il est de plus en plus circonspect se demandant quel sujet nécessite tant de précaution. Mais son rédacteur en chef poursuit :

- La direction demande que tu enquêtes sur le Graal. Entre mythe et légende, il doit y avoir une place pour la vérité. Nous comptons sur toi. Ta recherche doit demeurer secrète pour les raisons que tu comprendras. Il y a la concurrence des autres journaux bien sûr, mais il peut y avoir aussi d'autres intérêts bien supérieurs en jeu…

Jacques acquiesce.

Pierre reprend :

- Nous te remboursons tes frais selon l'habitude de la maison. Nous sommes début juillet, nous te donnons jusqu'à la fin du mois pour tes investigations. Toutes les fins de semaines tu m'appelles pour m'informer de l'avancée de tes recherches. As-tu des questions ?

La demande sortait des sentiers battus. À part le mythe, il ne connaissait rien sur le sujet et n'a aucune idée du point de départ de son enquête.

- Je n'ai pas à proprement parler des questions mais je souhaite que tu me donnes si possible des suggestions et des conseils.

- Je ne connais pas le sujet et ne peut donc te donner de piste. Il te faut rechercher, te documenter, ce ne sera pas du temps perdu mais du temps gagné pour la suite.

Une horloge sonne les douze coups de midi. Son rédacteur en chef jette un coup d'œil sur l'horloge murale :

- Midi, déjà ! Il faut que je me sauve. J'ai un déjeuner d'affaires...

A cette évocation, Jacques revient au présent. Se rendant compte de l'heure, il sort de son bureau et se dirige vers l'extérieur. L'air libre lui fait du bien. C'est une fin de matinée lumineuse de juillet. Les rayons du soleil éclairent les bâtiments. Il aime contempler ces petits coins de ciels bleus entre les immeubles, rappelant les ciels bleus du Limousin, loin de la région parisienne.

Après être passé au café du coin prendre un jambon/beurre, il s'engouffre dans le métro, direction la grande bibliothèque à Austerlitz. Il consulte tout ce qui a trait de près ou de loin au Graal. Puis Jacques reprend le métro pour se rendre à la bibliothèque de Paris. Il revient ensuite à son domicile de Chatou. Il met une vingtaine de minutes pour rejoindre son domicile, la charge des interrogations ralentissant sa marche plus encore que le poids des livres.

Arrivé chez lui, il sonne pour s'annoncer et entre. Sa fille Jeanne accourt :

- Bonsoir Papa, comment vas-tu ? tu rentres bien tard ?

- Oui excuses moi, il faut que je te raconte. J'ai eu une nouvelle mission par mon journal. J'ai dévalisé les bibliothèques et ce weekend je vais m'atteler à mes recherches.
- J'espère que nous aurons quand même quelques moments ensembles, au moins des vrais repas partagés et que tu ne seras pas complètement absorbé par ton sujet.
- Oui, oui, promet Jacques, et dimanche nous irons marcher, profiter du soleil.

Dès le lendemain, Jacques compulse les nombreux ouvrages empruntés et fait des recherches complémentaires sur internet. Sa journée du samedi s'écoule pour Jacques en recherches et études sur le Graal.

Le dimanche matin il commence à rassembler et structurer les informations collectées. Le sujet est vaste se dit Jacques. Il va du paganisme au christianisme et à l'ésotérisme. Toute légende est basée sur un fond de vérité. Il découvre que le Graal ne fait pas exception à la règle.

Il apparaît pour la première fois dans le roman de Chrétien de Troyes. Il est inspiré de la mythologie celtique. Le chaudron y est un élément important. Le chaudron magique peut, suivant les légendes, donner de la nourriture en abondance, donner le savoir universel, ou encore ressusciter les morts.

Chrétien de Troyes transforme le chaudron magique en une représentation christianisée, le Saint Graal du roi Arthur. Chrétien de Troyes, au nom prédestiné, écrit son cinquième roman : « Perceval ou le Conte du Graal » vers 1181. Ce roman qui demeure inachevé est dédié au comte de Flandre, Philippe d'Alsace.

Le roman raconte l'histoire de Perceval. Une femme perd son mari et deux de ses fils. Elle décide de se réfugier dans une forêt du Pays de Galles avec son dernier enfant Perceval. Pour le protéger, elle l'élève loin du monde et de la chevalerie meurtrière. Mais un jour Perceval rencontre un groupe de chevaliers. Il est séduit par leur brillante armure. Malgré les supplications de sa mère, Il quitte son refuge dans la forêt.

Il rejoint la cour du Roi Arthur où une jeune fille lui prédit un grand avenir. Perceval se fait remarquer par ses manières frustes, mais il gagne son premier combat lui permettant de s'emparer de l'armure de son adversaire.

Un vieux chevalier expérimenté, messire Gauvain, le prend sous sa protection. Il lui apprend à la fois les manières courtoises et les vertus chevaleresques. Perceval devient alors un redoutable chevalier. Il conquiert le cœur de Blanchefleur. Peu de temps après, il quitte la cour pour rejoindre sa mère.

Un soir, Perceval est reçu pour le gîte par le Roi pêcheur. Il est introduit dans une salle où gît un homme à demi-couché sur un lit. Un valet tenant une lance resplendissante de blancheur s'avance. À la pointe du fer de la lance perle une goutte de sang. Deux autres valets suivent avec des chandeliers en or. S'avance ensuite une belle jeune fille richement parée portant un Graal d'or pur orné de pierres précieuses. Une autre jeune fille la suit portant un plateau en argent. Un splendide souper est préparé. Avec chaque plat, l'étrange cortège du Graal fait son apparition sans qu'aucun convive n'y prête attention.

Perceval se demande à qui s'adresse le service du Graal.

Perceval s'endort alors. Le lendemain à son réveil, le château est vide de tout occupant. Il reprend la route, habité du désir d'élucider ce mystère, et de retrouver le Graal. Il traverse alors des épreuves croissantes avec messire Gauvain. Sa mission est la quête du Graal.

Après cinq années de vaines recherches, Perceval rencontre son oncle ermite. Ce dernier lui révèle que le Graal est un calice, un objet sacré contenant une hostie. Cette hostie est apportée chaque jour en procession solennelle au père du roi, et le maintient en vie depuis quinze ans.

Chrétien de Troyes reprend le mythe de la corne d'abondance celtique et le transforme dans son roman au XIIe siècle « Perceval ou le Conte du Graal ». Le Graal prend véritablement corps avec cet écrivain.

L'objet mythique du Graal est inscrit dans la légende arthurienne. Il est l'objet de la quête des douze chevaliers de la table ronde. Parmi ces chevaliers se trouvent le roi Arthur et le chevalier Lancelot.

Au XIIIe siècle, Robert de Boron, dans « L'Estoire dou Graal », explique que le Graal n'est autre que le Calice. Avec ce Calice, le Christ célébra la sainte Cène la veille de sa passion et de sa mort. Lors de ce dernier repas, le Seigneur consacra le vin qui devint son précieux sang. Dans la légende, avec ce Calice, Joseph d'Arimathie aurait recueilli le sang de Jésus-Christ sur la croix.

La quête du Graal va se poursuivre lors de la croisade contre les cathares. Le Graal devient une pièce du légendaire trésor cathare. Ce mythe va persister et se développer au cours des siècles. Il va faire l'objet de recherches par les passionnés. En 1940, sur les ordres d'Heinrich Himmler, le capitaine Günter Alquen et une vingtaine de soldats SS cherche le Graal au château de Montségur, bastion cathare, et à Montserrat.

La quête du Graal reste d'actualité pour beaucoup de personnes. Son aspect magique, symbolique et secret, favorise l'interprétation ésotérique et la vitalité de la légende.

En mettant Graal et Saint Graal dans un moteur de recherche, Jacques est surpris du nombre de sites internet ressortant, preuves que le sujet n'a pas épuisé la curiosité commune.

Où est la réalité dans cet ensemble de légendes ? Le Graal existe-il ? Où se trouve-t-il ?

- Papa, le repas est prêt, tu peux venir.

Sa fille met ainsi un terme salutaire à ses interrogations. Au cours du repas, Jacques explique à sa fille le bilan de son étude au sujet du Graal…

Après le déjeuner du dimanche, Jeanne et son père se lancent dans une grande promenade vers les pelouses du lac des Ibis. C'est une belle journée de juillet avec ciel bleu, si bleu. C'est un vrai soleil d'été pense Jacques.

Le père parle longuement de ses découvertes concernant le Graal. Par ses questions, Jeanne montre son avidité de savoir et son intérêt pour le sujet.

Puis Jacques voyant un banc s'exclame :

- Asseyons-nous un moment à l'ombre.

Après une quinzaine de minutes, Jeanne se lève en indiquant :

- Je vais aller quelques instants au bord de l'eau.

Jeanne emporte son petit sac de pains rassis collectés pour les canards, cygnes, poules d'eau et nombreuses oies bergames. Ces oies sauvages avaient élues domiciles au lac au détriment des canards. Elles avaient fait le choix d'abandonner un chemin de liberté pour une vie confortable et oisive.

A peine sa fille était-elle partie, qu'un beau vieillard à l'âge indéfinissable s'avance vers le banc, et s'immobilise à deux ou trois mètres de Jacques. Ce dernier, tout plongé dans son livre, l'aperçoit comme au sortir d'un songe. Il est de taille moyenne, mince, beau comme une sculpture de Michel-Ange. Il a les cheveux blancs laineux et la longue barbe blanche d'un pope. Il est habillé d'un complet gris foncé avec une chemise blanche et une belle cravate bleu. Soudain Jacques croise son regard. C'est un regard pénétrant jusqu'aux tréfonds de l'âme, un regard de sereine bienveillance.

Le Vieillard demande d'une voix douce et calme :

- Puis-je m'asseoir près de vous Monsieur Jacques Latour ?

Jacques n'avait jamais vu ce personnage, mais il sait. Le personnage et le lieu résonne avec le récit « rencontre » lu sur la clé USB voilà une semaine. Mais comment pouvait-il le connaître par son nom ?

- Oui bien sûr, mais comment connaissez-vous mon nom puisque nous ne nous sommes jamais rencontrés ?

Le Vieillard s'assied et plonge son regard dans celui de Jacques.

Jacques est d'une famille croyante et pratiquante. Sa jeunesse a été ponctuée, comme beaucoup de son époque, des étapes chrétiennes : baptême, catéchisme… Depuis son adolescence, il laisse tomber la pratique régulière pour se satisfaire des offices pour les principales fêtes chrétiennes. Il fait partie des croyants non pratiquants qui connaissent un peu la Bible.

Le Vieillard attend quelques instants pour donner plus de poids à ce qu'il va dire, puis il continue sans répondre à l'interrogation de Jacques :

- J'ai vu votre ébranlement intérieur lors de la conférence de presse concernant la datation du Linceul de Turin par le carbone 14.

La scène surgit dans la mémoire de Jacques comme un flash...

Quelques années auparavant, Jacques assiste, pour le compte de son journal, à la conférence de presse du Cardinal Ballestrero concernant la datation par le carbone 14 du Linceul de Turin :

- « Les résultats de la datation du linceul, par la méthode dite du carbone 14, viennent de m'être transmis par le professeur du British Museum. La concentration moyenne en carbone 14 de l'échantillon du lin donne une date médiévale située entre 1260 et 1390 avec une probabilité de 95%. Le linceul est donc un faux du moyen-âge !

« C'est un faux ! », la phrase explosa en Jacques et le laissa abasourdi.

Le cardinal poursuivit :

- « Le Linceul de Turin doit dorénavant être considéré comme une merveilleuse icône ».

Le lendemain même Jacques assiste à Londres à l'annonce des résultats par le docteur Tite, assisté du docteur Hedges et du professeur Hall membre du conseil de direction du British Museum, tous deux d'Oxford. Les résultats sont implacables, ils corroborent l'annonce de la veille.

Jacques, fidèle à sa déontologie, s'était efforcé de réaliser un article de qualité conforme à la vérité entendue. Ses convictions chrétiennes avaient été ébranlées après cette annonce.

Le Vieillard reprit :

- J'ai vu votre joie lorsque le rédacteur en chef vous a missionné pour un dossier sur la quête du Graal.

Se tournant vers Jacques, il le regarde droit dans les yeux avec intensité :

- Le Graal n'est pas un mythe. Mais cette quête du Graal n'est qu'une étape pour toi. Elle n'est pas la finalité. Elle n'est pas ton but ultime.

Ce Vieillard est décidément bien mystérieux pense Jacques. Voilà qu'il parle du sujet, de mon sujet comme s'il était un spécialiste de cette question.

Jacques intrigué, demande :

- Comment cela ?

- Le mythique Graal n'est qu'une étape d'un long chemin initiatique indiqué sur la clé USB que vous avez reçue. Chaque étape vous permettra de découvrir une partie du mystère et vous conduira au secret ultime.
- Quel secret ?

Le vieillard ne prit pas la peine de répondre.

- Suivez le chemin qui vous est proposé. Vous comprendrez au fur et à mesure.

Jacques intrigué demande :

- C'est le chemin qui a conduit un homme sans doute à la mort il y a une semaine ici même…

Le Vieillard prend la peine de répondre :

- Ne crains pas pour lui.

Le Vieillard poursuivit :

- Vous ne pouvez accomplir le chemin en plénitude qu'avec beaucoup d'humilité, de courage et un cœur pur. Vous ne pouvez l'accomplir qu'avec la force d'en-haut.

Jacques est perturbé par l'accélération du temps et l'enchaînement des évènements mais il écoute avec attention.

- Gardez-vous du grand manipulateur. Nul sur cette terre ne le connaît vraiment. Mais il est à la manœuvre de plusieurs organisations ou associations. Certaines ont pignons sur rue, d'autres sont secrètes ou ésotériques. Maintenant allez, le temps vous est compté.

Devant Jacques complètement interloqué, il poursuit :

- N'ayez pas peur, même si nous ne nous voyons plus un certain temps, nous nous retrouverons à la fin… Mais durant votre quête, je ne serai jamais loin….

Le Vieillard se lève, s'éloigne. Sa silhouette diaphane s'estompe dans la lumière de cette après-midi de juillet.

Stupéfait, Jacques reste pensif sur le banc. Il se demande s'il s'est assoupi quelques instants sans percevoir les passages de l'éveil au sommeil. Mais non, tout se tient en cohérence, la clé USB reçue et l'entretien avec le vieillard. Il faut se rendre à l'évidence, l'incroyable se fait réalité…

- Qu'as-tu appris de nouveau en lisant ton livre ?

L'interpellation de Jeanne, revenue avec son sac vide ramène Jacques à la réalité de sa présence.

Il répond :

- J'ai appris du nouveau, mais sans lire le livre….

Jacques raconte alors à sa fille les évènements écoulés.

Si Jeanne ne connaissait pas son père, avec qui un vrai climat de confiance existe, et si elle n'avait vu et commencé à lire la clé USB, elle ne pourrait croire à tout ce que raconte son père.

Concernant ce Vieillard, ils restèrent chacun sur l'expectative, sans mot échangé.

- Rentrons maintenant, lance Jacques en se levant.

Jeanne acquiesce de la tête.

La profondeur du regard échangé avec ce vieillard à la barbe blanche porte Jacques à croire qu'il ne s'agit pas d'une mauvaise plaisanterie…

Avides de poursuivre la résolution de l'énigme de la clé, ils hâtent le pas. Revenu à la maison Jacques s'installe à son bureau, branche son ordinateur, et poursuit l'analyse du contenu de la clé sous le regard affectueux de Jeanne. Ils décident d'imprimer la mission et de se mettre au salon.

De l'argent fait ton deuil, et le trésor cherche.
Il se tient à ton seuil, et te tend la perche.
Au Père soumets-toi, en l'amour unique.
Il te donne le toit, et rien ne te manque.

Pars de la Trinité, et trouve l'humanité.
Mort et ressuscité, vivant d'éternité,
cherche il est source, qui se mire au Graal Saint.
Reprends donc ta course, et assume mon dessein.

Pars du Saint Calice, et va au visage,
qui fait nos délices, comme le seul sage.
De sa vie se privant, il aime avec passion.
Il est le vrai Vivant, avec consécration. »

- Le mot « mission » signifie une vue d'ensemble du chemin à parcourir, remarque Jacques.

Jeanne bondit du canapé avec la vivacité de son jeune âge. Puis faisant quelques pas comme pour mieux réfléchir :

- Pour la première strophe, nous avons déjà eu l'explication dans le fichier « Russie ».

Jacques est stimulé par l'esprit pétillant de sa fille :

- Oui et pour la deuxième strophe, j'ai l'impression qu'elle correspond à l'icône de la Trinité de Roublev évoquée dans ce même fichier. Le Fils, représenté par l'ange de droite, se penche sur la coupe et y contemple sa Face. Le Fils, qui est Dieu, s'est fait homme. Il est mort et ressuscité.

Jeanne reprend ses réflexions :

- Il est question de Saint Calice et de Graal Saint, ce qui correspond curieusement à la mission donnée par le journal. Le Vieillard a-t-il quelque chose à voir avec le mensuel « Vérité » ? S'il n'a rien à voir avec le journal comment est-il au courant ? Tu m'avais bien dit qu'il s'agit d'une enquête exclusive ?
- Je ne sais que répondre, s'exclame Jacques. En tout cas le Saint Calice n'est pas la finalité puisqu'il est dit « Pars du Saint Calice, et va au visage ».
- Toi qui te demandais quel point de départ prendre pour remplir la mission donnée par le journal. Ton point d'arrivée semble être un point de départ…

Jeanne se met à réfléchir tout haut :

- Le deuxième point de départ n'est pas très clair. Pars du Saint Calice, lequel ? Le Saint Graal ?

Puis elle poursuit après un temps de silence :

- Le point d'arrivée n'est pas plus clair ; Va au visage, quel visage ?
- Je crois, répond Jacques, qu'au point où nous en sommes nous pourrions interroger un religieux, le texte étant de consonance fortement chrétienne.

- Tu penses sans doute au père ?

Jacques opina de la tête, mais se tut, sentant que Jeanne allait poursuivre.

- Mais d'abord nous devrions lire le fichier de la deuxième étape pour éviter de le déranger deux fois.
- Le fichier de la deuxième étape est protégé par la clé : « **Son mystère** ». Il est difficile de faire plus énigmatique rétorque Jacques.

La ville s'enveloppe d'un manteau sombre, Jacques se lève pour fermer les volets tout en demandant à Jeanne :

- Peux-tu préparer le repas ?
- Oui, je m'en occupe de suite, mais n'en profite pas pour continuer à chercher sans moi…

Après un dîner vite avalé, Jeanne et Jacques s'installent confortablement dans le canapé. Jacques lit l'énigme de la clé pour la deuxième étape :

- La clé est « **Son mystère** ».
- Bon, cela commence bien. Quel mystère, c'est vraiment mystérieux, réplique Jeanne.

Jacques ferme les yeux pour mieux s'imprégner, et se montre perspicace :

- La clé de chaque étape est conditionnée par la réalisation de l'étape précédente, hormis pour la première bien sûr. Ce processus ingénieux nous oblige à faire toutes les étapes dans l'ordre. Le Vieillard a parlé de sept étapes à faire dans l'ordre…

Jeanne avec la spontanéité de la jeunesse :

- Donc la question est : Quel est le mystère de l'icône de Roublev ?
- L'icône nous parle de plusieurs mystères de la foi chrétienne, rétorque Jacques, mais le premier dans la foi chrétienne et celui dont l'icône tient son nom. La clé est le mystère « trinitaire. » ou de la « trinité ».

Jeanne essaie :

- Bingo, ça marche !

Elle est toute à la joie de voir le fichier s'ouvrir avec le mot « Trinité » :

- Je te lis le texte, papa :

« Couvert du Saint Esprit, la vierge enceinte
donna Jésus épris, d'humanité sainte.
Il fit nos délices, sans équivalence,
trouve le calice, il est de Valence. »

Ils regardent tous les deux le texte, cherchent, tournent les mots dans tous les sens, mais la fatigue les gagne. Las, Jacques finit par dire à sa fille :

- La sagesse consiste à s'arrêter et à se reposer. Nous y verrons peut-être plus clair demain sur le sens du texte.
- Si tu permets papa, je vais faire des photocopies de la mission et des textes trouvés avec les deux premières clés, cela nous permettra de mener nos réflexions chacun de notre côté, puis de confronter nos points de vue. C'est de la confrontation que jaillit la lumière !

Une dizaine de minutes plus tard, Jeanne revient avec les photocopies, pose un exemplaire sur la table du salon, et garde l'autre dans la main. Son Père est toujours plongé dans ses réflexions aussi elle s'avance, malicieuse, pour embrasser son père :

- Bonsoir papa, la nuit porte conseil…

Jacques :

- Ce n'est pas à un vieux singe que l'on apprend à faire la grimace.

Et se levant, il embrasse sa fille.

Lorsqu'il est étendu dans son lit et dans l'obscurité, il se remémore son entretien dans le parc avec le Vieillard. Comment n'ai-je pas eu la présence d'esprit de le questionner davantage ? Pourquoi ne pas l'avoir suivi pour savoir qui il est, et où il demeure ?

La journée prolonge ses réminiscences jusqu'à l'orée de la nuit. Le sommeil est difficile à trouver, et lorsqu'il survient, il s'arrête déjà. La conscience reprend ses droits, travaillée par l'énigme du personnage et de son texte. Ainsi va la nuit entre travail de l'inconscient dans le sommeil, et réflexion de la conscience éveillée. Même le rêve n'est que la réalisation potentielle d'une hypothèse de l'énigme.

Mais après une nuit de sommeil, les premiers rayons de lumière percent à travers les stores. Petit clin d'œil malicieux du soleil pour cette journée qui s'annonce encourageante.

Jacques se lève hardiment et attend patiemment Jeanne pour le petit-déjeuner.

Des bruits de pas se font entendre à l'étage. C'est Jeanne qui s'éveille à la journée, comme on s'éveille à la vie. La journée sera belle, remplie de promesses.

Jeanne descend les escaliers de son pas léger et gracieux et entre dans la cuisine :

- Bonjour papa

Jacques est tout réjoui de la présence de sa fille :

- Bonjour Jeanne ma joie. Installe-toi, nous allons prendre le petit-déjeuner ensemble, je t'ai attendu.

Jeanne, toujours travaillée par le texte :

- As-tu réfléchi à la deuxième étape.
- Oui, malgré moi toute une partie de la nuit. Mais je n'ai rien trouvé… pour le moment.
- C'est ennuyeux… s'inquiète Jeanne
- Oui et non.
- Comment cela ? interroge Jeanne
- Oui, parce que nous n'avons pas progressé depuis hier. Non, car j'ai une piste. Mon ami dominicain, le père Victor, pourra sans doute nous aider.

Pour Jacques, sa décision est prise, il ira voir son ami. Il le connaît depuis de nombreuses années. C'est un ami de la famille. Pendant ses années de lycée, il l'a rencontré plusieurs fois pour partager toutes les questions qu'il se posait sur l'Être et sur l'être, sur Dieu et sur lui-même.

Il avait été frappé par l'écoute attentive de ce père, son silence respectueux. Sa compréhension du cheminement de l'autre comme spécifique, indépendant du sien propre. Il observait de façon bienveillante le questionnement de l'autre dans sa quête de Dieu. Il faisait complètement confiance à Dieu attendant que la relation personnelle se fasse entre Dieu et l'homme.

Jacques sort de ses réflexions :

- Au point où nous en sommes, allons voir mon ami le père Victor.
- Comment l'as-tu connu ? demande Jeanne
- C'est un ami de la famille, répond Jacques, de ma grand-mère maternel et de mes parents. Lors de mes études secondaires, je lui ai souvent fait part de mes interrogations métaphysiques. Ensuite, j'ai eu l'occasion de faire le pèlerinage du rosaire à Lourdes avec lui pendant plusieurs années.
- C'était en quelque sorte ton guide spirituel, interroge Jeanne.
- Pas exactement, plutôt un interlocuteur et un témoin de mon cheminement. Il a de réelles qualités d'écoute car il a compris qu'aimer c'est écouter.

Jeanne avec un pétillement dans l'œil :

- Je croyais qu'aimer c'est pardonner.
- Aussi bien sûr, aimer c'est tellement grand… mais tu me fais marcher...

Jeanne se mit à rire :

- Un peu, peut-être….

Jacques appelle le couvent des dominicains de Paris pour prendre rendez-vous avec le Père Victor.

Le jour d'après, Jeanne et Jacques se rendent de bon matin au couvent de l'annonciation des dominicains de Paris pour rencontrer le père Victor.

Jeanne devance son père et fait retentir la cloche. Un son clair éveille ce lieu où le temps semble s'être arrêté. Jeanne et Jacques demandent le

Père Victor à l'accueil du couvent. Quelques courts instants après le père apparaît :

- Bonjour mon cher Jacques. Bonjour Jeanne, comme tu as changé ! la dernière fois que je t'ai vu, tu devais avoir une douzaine d'années.
- Bonjour père. Merci d'avoir accepté de nous recevoir.
- Suivez-moi, nous allons nous mettre dans le petit bureau. Nous y serons tranquilles.

Après le passage de la double porte en face de l'accueil, Le père nous emmène d'un pas presque solennel dans un long couloir. Nous nous rendons à l'accueil visiteurs, une petite salle aménagée avec quelques fauteuils recouverts d'un velours vert usé et défraîchi. Mais cette petite pièce, avec vue sur le parc, est sobre et agréable. La sérénité des lieux est apaisante.

Le père échange quelques instants avec nous s'enquérant des nouvelles de chacun, puis, en vient à notre sujet d'intérêt :

- J'ai lu avec attention le texte envoyé par Jacques mais j'ai 83 ans et je pense qu'un jeune père sera plus à même de vous aider. Aussi je vais appeler le père Gabriel Thomé à nous rejoindre. Ce jeune père poursuit des études à Paris et nous le logeons au couvent. Je ne le connais pas vraiment car il est prêtre séculier, mais il m'a été recommandé.

Deux ou trois minutes s'écoulent et nous voyons apparaître un père en clergyman avec un ordinateur portable. Il a une trentaine d'années, le visage ascétique et les cheveux noirs.

Le père Thomé active son ordinateur posé sur la table basse en disant :

- Je vais vous relire la première strophe du texte de la mission que le père Victor m'a envoyé sur ma messagerie :

De l'argent fait ton deuil, et le trésor cherche.
Il se tient à ton seuil, et te tend la perche.
Au Père soumets-toi, en l'amour unique.
Il te donne le toit, et rien ne te manque.

Le Père prend la parole en premier :

- Le premier verset de la première strophe peut paraître paradoxal. Si on se défait de son argent, on s'appauvrit. La suite est une invitation à chercher le vrai trésor de la vie dans un monde où l'argent est devenu un dieu. Selon la parole de Dieu, si notre vie est centrée sur Dieu, il s'occupera de tous nos besoins, y compris matériels.
- C'est le message de l'évangile, cela ne nous apporte rien de nouveau, répond Jacques quelque peu déçu.

Le père Thomé ne relève pas et poursuit :

- Je vais vous relire la deuxième strophe de la mission :

Pars de la Trinité, et trouve l'humanité.
Mort et ressuscité, vivant d'éternité,
cherche il est source, qui se mire au Graal Saint.
Reprends donc ta course, et assume mon dessein.

Le Père reprend après quelques instants de réflexion :

- Dans la deuxième strophe, le texte parle de la Trinité, du Dieu : Un dans son unité, et trinitaire dans ses trois personnes, Père, Fils, et Saint-Esprit. Ensuite le texte parle de trouver l'humanité. Il s'agit de l'humanité du Fils qui s'est incarné il y a deux mille ans. Ce Jésus, pour ramener les hommes à Dieu, a souffert sa passion, est mort et est ressuscité le troisième jour.

Jeanne et Jacques acquiescent, ils n'apprennent rien de nouveau.

Le père Thomé poursuit :

- La suite de la deuxième strophe est moins claire. Jésus est la source pour la vie éternelle. Jésus se mire au Graal Saint c'est-à-dire au Saint Calice. Cette partie de texte peut faire référence au mystère eucharistique. Par la consécration le pain devient le corps du Christ, et le vin devient le sang du Christ.

Le père Victor s'adresse alors directement à Jacques :

- Jacques c'est le dessein de Dieu pour toi. Il faut que tu remplisses la mission qui t'est assignée comme le précise le dernier alexandrin. La quête du Saint Graal n'est qu'une étape…

Le père Victor se tourne ensuite vers Jeanne, pour s'assurer qu'elle comprend et suit la conversation :

- Dieu veut rencontrer l'homme. Il nous rejoint dans notre humanité avec Jésus, qui est tout à la fois Dieu et Homme. Jésus a vécu une vie d'homme, c'est ce que relatent les évangélistes dans la Bible.

Jeanne est subjuguée. Elle voit le père assez petit et mince, se transformer par le feu intérieur qui l'habite.

Le père Thomé lit la troisième strophe :

Pars du Saint Calice, et va au visage,
qui fait nos délices, comme le seul sage.
De sa vie se privant, il aime avec passion.
Il est le vrai Vivant, avec consécration. »

Le père Victor, solennel, reprend :

- Jacques tu dois poursuivre ta mission au-delà du Saint Graal, tu dois partir du Saint Calice et aller au visage du Christ. Le Fils de Dieu est venu nous annoncer l'amour de Père en s'incarnant dans le personnage historique de Jésus. Il a vécu sa passion, est mort. Il est ressuscité le troisième jour selon les écritures. Le mystère eucharistique annonce et commémore l'évènement.

Devant la mine dubitative de Jacques, le père Victor développe à son intention :

- C'est difficile à comprendre même pour nous qui célébrons ce mystère tous les jours. Je suis bien certain que nous ne percevons qu'une petite partie de ce mystère d'amour qui a la dimension de Dieu …

Ils restèrent quelques minutes silencieux puis le père leurs dit :

- Il est bientôt 11h00. J'ai un rendez-vous, je dois vous laisser avec le père Thomé. Il sera plus à même que moi de vous aider.

Jacques est impatient de partager le quatrain de la deuxième étape avec le père. Il sait que les compétences du père peuvent être d'une aide précieuse. Aussi il prend d'emblée la parole :

- La mission générale évoquée dans les trois strophes se déploie en 7 étapes. Une des étapes a été réalisée par un homme qui a disparu tragiquement mais qui nous a laissé le compte rendu de son déplacement en Russie pour voir l'icône de Roublev.
- Pouvez-vous me résumer ce parcours ? interroge le père Thomé.
- L'homme a trouvé l'icône de la trinité dans laquelle le Fils se mire dans le Graal ou Calice. Si je reprends les quatrains deux et trois de la mission, nous sommes partis de l'icône de la « **Trinité** » et nous avons trouvé le « **Graal Saint** », puis à partir du « **Saint Calice** » nous avons trouvé le « **Visage** » du « **Vivant** », du Fils qui se voit dans le calice.
- Nous aurions fini le parcours en une seule étape ? La première serait-elle aussi la dernière ? s'étonne Jeanne.
- Je ne le crois pas, même si on pourrait le penser, lui répond son père.
- Le Graal et le Visage de Dieu trouvés ne sont que des représentations picturales, augure Jeanne...

Jacques suit sa fille sur ce chemin spéculatif :

- Aussi incroyable que cela puisse paraître nous devons peut-être trouver le Graal et le vrai Visage de Dieu.
- Oui peut-être, songe le père avant de reprendre. Vous avez résolu la première

énigme où se retrouve de façon mystérieuse la trame de votre mission ... Je pressens que les six autres étapes vont vous y mener.

- Le Graal, le vrai visage de Dieu, comment est-ce possible ? s'interroge Jeanne.
- Je ne sais pas, répond le père. La suite vous le dira. Vous devez réaliser la deuxième étape.

Jeanne a déjà mis en route son ordinateur portable. Elle met la clé USB que lui présente son père et lit le texte de la deuxième étape :

« Couvert du Saint Esprit, la vierge enceinte
donna Jésus épris, d'humanité sainte.
Il fit nos délices, sans équivalence,
trouve le calice, il est de Valence. »

- Je peux vous éclairer en vous rappelant les écritures.

Jeanne et Jacques acquiescent en silence, le père poursuit :

- Marie, jeune fille vierge, promise à Joseph est visitée par l'ange Gabriel. Cet ange est l'envoyé de Dieu. Il demande à Marie si elle accepte de devenir la Mère du Fils de Dieu, Jésus. Marie accepte et nous lisons en Luc 1 34-35 : « 34**Marie dit à l'ange : « Comment cela sera-t-il, puisque je ne connais point d'homme ? ». L'ange lui répondit : « 35L'Esprit-Saint viendra sur vous, et la vertu du Très-Haut vous couvrira de son ombre. C'est pourquoi**

l'être saint qui naîtra sera appelé Fils de Dieu. ».

- Tout cela c'est de la théologie, s'exclame Jacques. Le récit des évangiles raconte la vie de Jésus. Mais cela ne nous avance pas pour comprendre où nous rendre pour l'étape suivante.

Jacques songe que cette prochaine étape lui échappe, alors que dire du but ultime de toute cette aventure ?

Le père prend en compte la remarque de Jacques :

- A moins d'un codage spécial, l'étape doit être trouvée par le dernier Alexandrin. « Trouve le calice, il est de Valence », il faut trouver le mythique Graal qui est en fait le Calice dont se servit le Christ le jeudi Saint.
- Ce calice pourrait-il être à Valence dans la Drôme ? interroge Jeanne.

Le père Thomé est plus nuancé dans sa sagesse :

- La valence peut être un nom commun ou un nom propre. En chimie, la valence est le nombre maximal de liaisons qu'un élément peut former avec d'autres éléments. Le Christ veut établir une relation avec chaque homme, d'où l'emploi des mots « de valence » « sans équivalence ».

Jacques intervient :

- Excusez-moi père, mais il semble y avoir une majuscule à Valence, il s'agirait alors plutôt d'un nom propre.

- Je suis d'accord avec vous, lui répond le père. Mais dans ce cas, il faut passer en revue toutes les lieux s'appelant Valence.
- Il nous suffit de nous brancher sur internet et de faire une recherche, répond Jeanne à propos.

Aussitôt dit, Jeanne se connecte à internet :

- Voyons, avec une recherche sur Valence en nom propre. Internet nous donne Valence dans la Drôme, mais également Valence en Espagne.
- Voyons quel est le nom des édifices religieux dans ces villes, par exemple les cathédrales, interroge le Père Thomé.

Jeanne, après quelques secondes de recherche :

- La cathédrale de Valence dans la Drôme est dédiée à Saint-Apollinaire et la cathédrale de Valence en Espagne à Sainte Marie. Il nous faut donc aller en Espagne.
- Comment ça en Espagne ? interroge interloqué Jacques.
- Mais oui, réplique Jeanne. « **Couvert du Saint Esprit la vierge enceinte** », la vierge dont il s'agit s'appelle Marie et la cathédrale de Valence et la cathédrale Sainte-Marie. »
- Vous voilà éclairés pour votre prochaine étape, intervient le père. Je prierai pour l'accomplissement de votre mission. Bon voyage en Espagne.
- Merci beaucoup pour votre aide précieuse père.

Revenus à la maison, Jeanne et Jacques préparent fébrilement leur voyage pour l'Espagne. Il faut d'une part contacter la nièce Anne de Madrid, d'autre part s'occuper des formalités administratives avion, hôtel…

Anne peut justement prendre quelques jours de congés et les conduire à Valence, située à 360 km en voiture de Madrid. Voici dix ans qu'elle est installée à Madrid. Elle parle donc couramment Espagnol au point même, aujourd'hui, de penser en Espagnol plutôt qu'en Français. Par contre, son mari, rencontré en ce pays, ne parle pas un mot de français.

Jacques prend le soin d'appeler Augustin Dugué sur son portable. Au bout de deux sonneries Augustin décroche. Jacques a la satisfaction de tenir informé Augustin des découvertes réalisées et de leurs départs prochain pour l'Espagne.

A un peu plus de 20 kilomètres de là, Léon Camé appelle son responsable Natas. Il se doit de rendre des comptes régulièrement s'il ne veut pas encourir les foudres de son chef :

- Ici Léon Camé, bonjour Monseigneur, j'appelle comme convenu pour alerter.
- Oui, je t'écoute, répond Natas.
- J'ai continué à écouter les enregistrements réalisés dans le bureau du rédacteur en chef du journal « Vérité » qui nous fait du tord.
- Non, qui me fait du tord, interrompt Natas.
- Oui bien sûr, excusez-moi.
- Et alors ? s'impatiente Natas.
- Alors, j'ai entendu que Pierre Canquelou, rédacteur en chef, confie au journaliste Jacques Latour une mission concernant des recherches et la réalisation d'un article sur le Graal.
- Qu'est-ce que tu veux que cela me fasse, répond Natas. Tu me fais perdre mon temps avec tes balivernes. Nous avons suffisamment brouillé les pistes en mélangeant, légendes, mythes et réalité pour être tranquille sur le sujet.
- Oui, mais il y a autre chose.
- Cesse de jouer au plus fin avec moi ou cela va mal se terminer, s'impatiente Natas.
- Monseigneur, loin de moi cette pensée, je vous suis tout soumis, susurre Léon Camé. J'ai fait suivre ce Jacques par un de nos agents. Il a rencontré le Vieux.

- Que vient-il encore faire ? s'interroge Natas. Il ne peut pas nous laisser « mal œuvrer » tranquille ?

Léon Camé répond rapidement :

- Un de nos agents a visité la maison de Jacques et a pu faire une photo d'un poème en strophes. Les trois premières strophes s'appellent mission, les sept autres étapes sont verrouillées par une clé.
- Tu es inconscient ou tu le fais exprès, s'exaspère Natas. Cesse donc d'utiliser les chiffres un, trois et sept. Ne sais-tu pas que Un, est un seul Dieu ; Trois, trois personnes en un seul Dieu ; et sept, le chiffre de la perfection de Dieu.
- Excusez-moi chef, je n'atteins pas la hauteur de votre intelligence s'exprime mielleusement Léon Camé. Je voulais juste dire qu'il y avait dix strophes...
- Comme le décalogue, les dix commandements, l'interrompt Natas.

Léon Camé préféra se taire, il n'était pas de taille à lutter.

- Sais-tu ce que va faire ce Jacques et s'il est dangereux pour mes affaires ? reprit Natas.
- Mon agent a installé un émetteur Haute Fréquence dans son téléphone portable. Nous saurons donc à tous instants où il se trouve et ce qu'il manigance.
- Fais le suivre. Tiens-moi au courant. S'il devient un problème nous le ferons tomber par la drogue, le sexe, l'argent… Et si le problème persiste, nous le supprimerons.

- Pas de problème chef. On me surnomme le camé-léon. Vous savez que je suis infiltré dans la plupart des organisations souvent à l'insu de la plupart de leurs membres…
- Oui tu es infiltré dans beaucoup d'organisations, églises, sectes, ironise Natas.
- Oui tous des esclaves ou des responsables savamment trompés, répond Léon Camé imbu de lui-même.
- Cela suffit, fait ton travail et ne me déçois pas, s'impatiente à nouveau Natas.
- Merci beaucoup de m'avoir écouté Monseigneur, répond servilement Léon. Vous pouvez dormir sur vos deux oreilles.

Il raccrocha et comme à chaque fois qu'il s'entretenait avec Natas, une boule lui serrait la gorge. Il avait la désagréable sensation d'étouffer.

Léon Camé n'a pas tout dit à Natas. Il a reconnu en Jacques, l'homme du parc des Ibis secourant Jean Dugué. Par un concours de circonstance qui le dépasse ce Jacques est le même qui se voit confier par son journal l'enquête sur le Saint Graal, le même qui rencontre « le vieux ». Léon décide de le faire suivre et d'agir le moment opportun.

Jeanne et Jacques atterrissent à Madrid. Ils retrouvent avec joie Anne, venue les chercher à l'aéroport. Les quelques jours qui suivent, avec Anne et son mari, sont un vrai bonheur.

Le jour convenu, Anne les emmène dans sa voiture pour Valence. Le trajet d'une durée de quatre heures permet d'échanger abondamment. Jeanne et Jacques partagent en confiance toute leur aventure. Le temps passe vite, et déjà la voiture entre dans Valence. Anne se gare à proximité de la cathédrale.

Anne leurs explique, avec passion, l'architecture de ce monument historique. Le soubassement de la cathédrale est la mémoire de l'histoire de l'Espagne. La terre du lieu soutient tour à tour, une église wisigothe, une mosquée et enfin une cathédrale. Celle-ci est à prédominance gothique car sa construction démarre en 1262 mais se poursuit jusqu'à la fin du XVIIIe siècle.

Anne s'adresse à ses invités :

- Entrons maintenant, dit-elle. Le père José va nous recevoir, il doit nous attendre. Je vous ferai la traduction simultanée.

En entrant dans la cathédrale, ils trouvent un prêtre en prière en haut de l'église devant l'autel principal.

Anne s'approche et demande tout bas en espagnol :

- Padre José sin duda? (Père José sans doute ?)

Perspicace, le père répond :

- ¿ Sí, Usted es Anne ? (Oui, Vous êtes Anne ?)

- Oui, je vous remercie beaucoup de nous accueillir. Je vous présente ma cousine Jeanne et mon oncle Jacques.
- Vous êtes venus pour le Saint Calice, annonce le père devançant leurs attentes. Il se trouve dans l'ancienne salle capitulaire qui servait aux réunions du chapitre. Cette salle a été accolée à la cathédrale en 1496, lors de l'extension de celle-ci. Si vous voulez bien me suivre, nous allons d'abord nous recueillir devant l'autel.

Nous arrivons dans la chapelle du Graal. Un magnifique retable nous dévoile les prouesses des maîtres ébénistes. Il s'harmonise aux couleurs ocre rouge du mur, qu'il couvre en grande partie. Une douzaine de statuettes se répartissent sur l'ensemble du retable. Au centre, sous une arcade, le Calice envoie mille feux. La fabuleuse Coupe en calcédoine est posée sur un pied en or, serti de rubis, d'émeraude et de nombreuses petites perles.

Nous restons de longues minutes en recueillement devant le Calice. Nous avons atteint le but de la quête mythique du Graal. Combien de personnes, depuis des temps immémoriaux, auraient aimé être à notre place pour contempler le Calice du Christ. Mais Jacques repense aux paroles du Vieillard : « La quête du Graal n'est qu'une étape pour toi, elle n'est pas la finalité, elle n'est pas ton but ultime. »

Au bout d'une quinzaine de minutes le père José se lève et nous fait signe de le suivre. Il nous amène dans une petite pièce où nous pouvons nous asseoir tous les quatre en cercle.

Le Père José, très érudit, nous partage ses connaissances sur le Calice :

- Comme vous le savez sans doute, le Calice est la coupe utilisée par Jésus-Christ lors de son dernier repas avec les douze apôtres. C'est lors de ce repas qu'a lieu la sainte Cène instituant l'eucharistie. Le fondement de la vénération du Calice se trouve dans ce mystère. Les trois évangiles Matthieu, Luc et Marc évoquent la coupe.
- Qu'est-ce qui nous prouve que cet objet est bien celui utilisé par Jésus ? demande Jeanne au père José.
- Selon la tradition, la Cène a eu lieu dans la maison de Marc, traducteur et interprète de Pierre. Quelques années plus tard, selon une antique tradition, Marc part avec Pierre à Rome et emmène cette coupe. Après lui les papes (Lin, Anaclet, Clément Ier...) se sont transmis ce Calice et s'en servaient pour célébrer l'eucharistie le jeudi saint.
- Mais la tradition est-elle véritablement une preuve ? interroge Jeanne.
- Certes non reprend le père José. La tradition est la transmission continue, à travers l'histoire des hommes, d'un savoir à partir d'un évènement fondateur. C'est une mémoire collective intemporel qui se transmet.

Jeanne craint d'avoir importuné le père :

- Excusez-moi de vous avoir interrompu.
- Non, non, tu as bien fait. Pas de faux semblant, laissons la vérité s'imposer. Remarque cependant que nous avons une

indication dans la formule de consécration des premiers papes. En utilisant ce Calice ils disaient : « Le Seigneur prenant aussi ce précieux calice dans ses mains saintes et vénérables… ». La précision du « ce calice » plutôt « qu'un calice » indique que les premiers papes utilisent le même calice que celui utilisé par Jésus lors de la dernière Cène.

Le Père José poursuit alors :

- Malheureusement, suite aux persécutions de l'empereur romain Valérien, le diacre Laurent, sous le pape Sixte II, expédie le Calice en l'an 258 à ses parents avec une lettre écrite de sa main. Ses parents habitent dans sa ville natale de Loret près de Huesca en Espagne. Mais l'arrivée en l'an 712 des maures musulmans en Espagne nécessite de le déplacer successivement jusqu'à la cathédrale de Valence où il y demeure encore de nos jours.
- Ce Calice est-il utilisé pour la consécration lors de l'eucharistie ? interroge Jeanne.
- Oui il l'a été par Jésus, puis par les premiers papes et ensuite jusqu'en 1744. Malheureusement un archiprêtre le laisse tomber malencontreusement en 1744 et il se casse. Il est réparé mais n'est plus utilisé que très exceptionnellement. Le malheureux archiprêtre mourut quelques jours après l'incident rongé par le remord.

Jeanne, qui montre sa passion pour le Calice, poursuit ses questions :

- Dès lors le Calice reste dans la cathédrale Sainte Marie de Valence ?
- Oui, sauf pendant de brèves périodes où sa sauvegarde nécessite de le cacher en 1809 à Alicante, en 1810 à Ibiza, et en 1812 à Palma de Majorque. À la fin de la guerre d'indépendance, en septembre 1813, le Calice revient à Valence.
- Et depuis il demeure à Valence ? demande Jeanne.
- Non car l'Espagne subit en 1936, une terrible guerre civile entre républicains et nationalistes. Les républicains dévastant les temples proches de la cathédrale, le conseil de la cathédrale décide de remettre le Calice à une fidèle. Un Franc-maçon, accompagné de républicains, recherche le Calice parmi les membres du conseil de la cathédrale et de leurs amis. Après la victoire de Franco, en 1939, le Calice est à nouveau installé dans la cathédrale.

Jacques, qui s'est tu jusque là, devant l'ardeur de sa fille, souhaite conclure sur l'histoire du Calice :

- Selon vos dires, la tradition et l'histoire corroborent le fait qu'il pourrait s'agir du Calice qu'utilisa le Christ pour la scène. Mais qu'en pense l'église officiellement ?
- Aucune coupe n'est reconnue par l'Église, répond le père. Cependant la coupe de la cathédrale de Valence en Espagne a reçu la visite des deux papes

Jean-Paul II et Benoît XVI qui s'en sont servis lors de la consécration.

Jacques, en quête de données fiables, interpelle le père :

- L'histoire et la tradition nous parlent du Calice, mais que nous disent les scientifiques ?
- D'abord, il nous faut l'observer attentivement, lui répond le père. Le Calice est formé par une coupe, un corps et un pied. L'en-base contient une inscription gravée en arabe coufique. Deux poignées latérales en arrondies sont taillées en forme hexagonal.
- Le Calice peut-il être celui utilisé par le Christ ? demande Jeanne.
- Antonio Beltran, chef du département d'archéologie de l'université de Saragosse, étudie en 1960 le Calice avec d'autres collègues européens. Ils établissent que la coupe est de fabrication orientale, égyptienne ou palestinienne. Elle date de la dernière période hellénistique, soit entre le IIe siècle avant J.C et l'Ier siècle après J.C. Le Calice correspond à un modèle utilisé pour les solennités ou dans les maisons riches. Ceci rend possible la réalisation de la sainte Cène chez Marc.
- Quelle est l'origine de la base du Calice ? interroge Jeanne
- La base est un vase de calife égyptien remontant au Xe ou XIe siècle. Un sultan d'Égypte revendique en 1322

l'acquisition à Jérusalem de la coupe utilisée par le Christ lors de la Cène. Jacques II d'Aragon achète ce calice au sultan et le place dans le palais de l'Aljaferia de Saragosse. Par la suite Martin 1er l'humain aurait fait de cette coupe le pied du Calice après 1400. Le travail d'orfèvrerie intermédiaire remonte au XIIIe ou début XIVe siècle.

Jacques se lève alors satisfait d'avoir tous ces renseignements :

- Je crois que nous avons le maximum de renseignement. Il nous reste à vous remercier chaleureusement pour le temps que vous nous avez consacré

Anne termine son rôle d'interprète et remercie le Père José en leur nom à tous.

En sortant ils se sentent le cœur léger d'avoir accompli cette nouvelle étape. Anne reprend sa voiture et les voilà repartis vers Madrid.

Ils arrivent à Madrid en début de soirée. Jacques, très content du résultat de leur voyage, invite Anne et son mari à dîner en ville.

Pendant leur trajet de retour à Madrid, Jeanne et Jacques ne se doutent pas qu'ils sont suivis à bonne distance depuis leur arrivée en Espagne.

Léon a pu suivre le parcours de Jeanne et Jacques grâce à l'émetteur haute fréquence du portable de Jacques. Son fidèle Boris est parti en Espagne avec un de ses hommes pour assurer un suivi sur le terrain. Boris, il le connaît depuis leur appartenance commune au Comité pour la Sécurité de l'État (KGB). C'est l'homme à tout faire, y compris les basses besognes.

Il est temps de rendre compte à Léon se dit Boris. Il l'appelle aussitôt :

- J'ai suivi la cible comme demandé.
- Et qu'ont-ils fait ? s'enquiert Léon.
- Ils ont trouvé le Calice du Christ à Valence.
- C'est très ennuyeux sachant que ce Jacques est journaliste.
- Pourquoi est-ce ennuyeux ?
- Nous avons réussi jusqu'à présent, concernant ce calice, à faire croire à un mythe, à une légende. Le travail a consisté à manipuler les romanciers pour faire un amalgame du paganinisme et du christianisme, des légendes et des vérités…
- Oui mais qui a-t-il de changé demande Boris ?
- L'évolution, c'est ce Jacques, journaliste réputé au journal « vérité », il risque avec ces découvertes de rompre le doux équilibre réalisé.
- Que pouvons-nous faire ?

- Tu veux dire que peux-tu faire ?
- Oui.
- Tu t'es occupé de Jean Dugué alors qu'il n'avait découvert qu'une icône. Le temps est à la pluie, il est donc temps de t'occuper de ce Jacques. Sa découverte du Calice est autrement plus importante qu'une icône. Si ces étapes vont crescendo, cela ne laisse rien présager de bon pour nous.
- Pour la pluie, j'ai un parapluie américain du temps de la belle époque…
- Tiens-moi au courant de l'opération.

C'est ainsi que Boris avait obtenu le feu vert pour « nettoyer le terrain ».

Jeanne, Jacques se rafraichissent dans l'appartement d'Anne et de son mari. Quelques minutes plus tard, ils ressortent tous les quatre pour trouver un petit restaurant typique dans les environs proches. La conversation court sur l'énigme de la mission, de la Russie à l'Espagne. Les spéculations vont bon train concernant la suite de l'aventure. La soirée est joyeuse et animée. À la fin du repas ils rentrent tranquillement à pied.

Les rues sont presque désertes à présent. Jacques et Jeanne profitent de la petite marche jusqu'à l'hôtel pour découvrir la ville, si différente de l'endroit où ils habitent. Les quelques personnes encore dehors, se hâtent d'un pas pressé pour rentrer chez eux.

Tout à leurs pensées, ils remarquent tardivement deux individus. Il est trop tard pour changer de trottoir. L'un porte un parapluie et semble éméché. Il fait de grands gestes brusques. Les deux individus les croisent et l'éméché bouscule Jacques. Celui-ci ressent alors une piqûre dans le bas de la jambe.

Jacques s'écrit en se frottant la jambe :

- Vous ne pouvez pas faire attention ?

Jacques à Jeanne :

- Ils ne se sont même pas excusés. L'un deux m'a piqué à la jambe, avec je ne sais quoi, en me bousculant.

Mais déjà les deux personnages ont continué leur route sans s'arrêter et monte dans une voiture pour disparaître dans la nuit.

Ils rentrent dans l'immeuble d'Anne et Manuel. Mais à peine arrivés dans le hall, Jacques se sent mal et s'assoit sur les marches.

Anne et Manuel sont consternés.

Jeanne, d'habitude si calme, est inquiète :

- Aurais-tu mangé quelque chose qui ne passe pas ?

Jacques, très pâle :

- Non, je sens comme un engourdissement dans ma jambe, à l'endroit même où j'ai ressenti cette piqûre. Ma jambe me fait terriblement mal.

Après avoir soulevé le bas de son pantalon, il constate que sa jambe a gonflé mais rassure son entourage. Mais en quelques minutes, il ne tient plus. Il regarde à nouveau sa jambe mais peut à peine relever son pantalon tant sa jambe a augmenté de volume, en prenant un aspect marbré, bleuté.

Anne appelle immédiatement une ambulance. Jeanne ne quitte pas des yeux son père. Manuel comprend la gravité, et appelle l'hôpital américain pour prévenir de leur arrivée imminente.

Jacques est maintenant livide, ses lèvres sont complètement décolorées et il respire péniblement.

A l'arrivée de l'ambulance, Jeanne aide son père à s'installer. Manuel indique à Jeanne qu'ils les suivront avec leur voiture.

« Vite, à l'hôpital américain, je vous en prie » lance Jeanne au chauffeur. Terriblement inquiète, elle se rend compte que chaque minute compte. Elle n'a jamais vu son père dans cet état. Lors du trajet, l'état de Jacques empire encore.

Il sent son cœur s'emballer et battre la chamade. Jacques, silencieux et immobile, s'efforce de garder son calme. Son cœur s'accélère encore, il le sent battre jusque dans ses tempes. Il a l'impression qu'à s'emballer de la sorte, il va finir par lâcher. Un étau enserre sa poitrine, mais il ne veut pas inquiéter sa fille. Sa tête bourdonne, sa vue se trouble, il entend au loin la voix de sa fille et perd connaissance.

Arrivé à l'hôpital, Jacques est pris en charge par les urgences et conduit immédiatement en réanimation.

Jeanne attend avec anxiété dans une salle d'attente. Se sentant terriblement impuissante, elle commence à paniquer et retient ses larmes. Puis se ressaisissant, elle s'assit et se met à prier : « Père tout puissant, j'ai confiance en toi, je te supplie de venir en aide à mon père, sauve le. » Les minutes s'étendent dans la durée, interminables. Jeanne redouble de prières : « Ayez pitié, mon Dieu, guidez la main des médecins. » Jeanne se sent démunie. Si seulement elle pouvait faire quelque chose pour son père. Les minutes s'écoulent interminables…

Une petite heure s'écoule ainsi, puis une porte s'ouvre sur le visage d'un médecin américain où perle un sourire :

- Soyez rassuré votre père va mieux. Sachez cependant que nous avons cru au début qu'il était perdu. Son cœur s'est arrêté plusieurs fois. Nous avons réussi à le réanimer, mais il est encore très faible.

Jeanne pousse un soupir de soulagement.

Le médecin poursuit :

- A-t-il eu déjà des antécédents cardiaques ?
- Non, jamais, répond Jeanne avec assurance.

- Quels ont été les symptômes avant qu'il n'entre aux urgences ? questionne le médecin.
- Dans la rue après avoir croisé deux individus, il nous a dit avoir ressenti une piqûre puis, quelques instants après il s'est trouvé mal, reprit Jeanne.
- Votre père a été empoisonné.

La réponse du médecin tombe comme un couperet, laissant Jeanne quelques instants sans parole.

- Mais, qui peut lui en vouloir ? s'étonne Jeanne.
- Je ne sais pas, répond le médecin américain en haussant les épaules. Cependant ces méthodes dites du parapluie bulgare relèvent de personnes proches ou anciennement proches des services secrets soviétiques.
- Puis-je le voir ? questionne Jeanne.
- Il est préférable qu'il se repose. Rassurez-vous, il est maintenant hors de danger, vous pourrez le voir dès demain matin.
- Merci beaucoup pour tout ce que vous avez fait. Je reviendrai demain matin.

Jeanne rejoint Anne et Manuel qui l'attendait anxieusement dans le hall des urgences. Jeanne rentre avec eux, rassurée par le médecin mais inquiète de n'avoir pas pu voir son père. Elle regarde machinalement autour d'elle. Des gens les espionnent peut-être ? Ils n'avaient pas hésité à empoisonner son père !

Le lendemain matin, tous les trois sont très heureux de retrouver Jacques dans une chambre individuelle et non plus en réanimation même s'il est toujours en soin intensif. Après une demi-heure, Anne et Manuel laissent le père et sa fille et s'éclipsent dans le couloir, pour respecter la fatigue de Jacques.

Jacques attend que la porte de la chambre se referme puis dit à sa fille :

- J'ai perdu connaissance dans l'ambulance qui m'amenait à l'hôpital. Je me suis ensuite « réveillé », si on peut appeler cela réveillé, dans une salle d'opération. Je n'étais plus dans mon corps mais je planais au-dessus. Je voyais les médecins américains s'acharner à me ranimer. C'était mon corps et en même temps ce n'était plus le mien. Je reconnaissais mon corps, intubé par la bouche, relié à une multitude d'appareils. J'observais la scène, je ne ressentais rien, c'était très étrange. C'est alors que je suis parti. C'était comme un long tunnel sombre non matérialisé avec à son extrémité une petite lumière attirante qui grandissait tandis que je m'en approchais. Soudain, je me suis trouvé en présence d'un être de lumière. D'un être qui est connaissance, compréhension et pur amour. Je me sentais irrésistiblement attiré par cet amour. En face de lui, j'ai compris que je n'avais pas assez aimé sur cette terre…
- T-a-t-il parlé ? interroge Jeanne.
- C'est comme s'il m'avait parlé sans dire un mot. C'était plus que des mots, plutôt des idées reçues directement dans mon esprit sans l'intermédiaire des sens. Il

s'est communiqué dans mon être intérieur. J'ai reçu : « Ton heure n'est pas encore venue. Remplis ta mission et suis ma Parole. » Jeanne, je t'en parle comme dans le secret de la confession, car d'autres personnes pourraient me prendre pour un fou... Je ne tiens pas à finir dans un hôpital psychiatrique, même si nous ne sommes pas en Russie…

- Ne t'en fais pas papa, répond affectueusement Jeanne avec un sourire apaisant. J'ai lu un livre de témoignages qui raconte l'expérience vécue par plusieurs personnes, à bien des égards similaire à la tienne.

En partie rassuré, Jacques poursuit :

- Cela voudrait bien dire que ce n'est pas une hallucination, que je n'ai pas rêvé. Ce que j'ai vécu hors de mon corps m'apparaissait plus réel que ma vie terrestre.
- Bon, il faut te reposer papa.

Jacques s'exprime avec le visage marqué d'une contrariété :

- Ce qui m'ennuie c'est que je dois rester au moins 48 heures en observation.

Jeanne :

- Ne t'inquiètes de rien, je suis ravie d'être chez ma cousine pour deux ou trois jours de plus, pour te permettre de récupérer avant notre retour en France.

Anne et Manuel accueille chaleureusement et affectueusement Jeanne et la réconforte.

Manuel met cependant en garde Jeanne :

- Vous devez être prudents. Il est clair que votre recherche gêne un certain nombre d'individus malfaisants.
- Qui sont-ils et pourquoi s'en prennent-ils à mon père ? Nous ne faisons rien de mal, questionne Jeanne.
- Ma chère Jeanne, tu as l'innocence de la jeunesse. Il est vrai que tu n'as pas connu les époques de la guerre froide et de l'union des républiques socialistes soviétiques…
- C'est vrai, je ne connais quasiment rien de cette période. Trop occupée par mes études, je n'ai pas pris le temps de me documenter, s'excuse Jeanne, un peu honteuse de son ignorance en tentant de se justifier.

Boris appelle au téléphone son chef Léon Camé :

- J'ai réalisé ce que vous m'avez demandé.
- Et quel est le résultat ? questionne Léon Camé.

Boris embarrassé :

- C'est-à-dire que j'ai effectué le tir avec le parapluie américain. Le système a fonctionné et le produit s'est transféré mais apparemment l'individu survit encore, je ne comprends pas.
- Tu ne comprends pas, mais moi je comprends ton incapacité, pauvre imbécile, répond Léon Camé prenant l'ascendant sur Boris.
- Excusez-moi colonel, je n'ai pas vos capacités, c'est pourquoi je ne suis que votre subalterne, répond Boris qui refuse un affrontement dont il ne sortirait pas vainqueur.

Léon Camé s'en prend à ce subalterne « inférieur », mais au fond, il sait que ce dernier a parfaitement rempli la mission qu'il lui a confiée. C'est cela qui le rend furieux…

Léon Camé s'adoucit et demande :

- Essaie de te rattraper, tu vas me suivre les évènements et pister ce Jacques. Ce ne sera pas trop difficile pour toi avec l'émetteur que j'ai mis dans son téléphone. Tiens-moi au courant si tu as du nouveau.
- Je ferai mon possible.
- Il faut leur mettre des bâtons dans les roues pour les empêcher de poursuivre cette quête stérile et néfaste.

Léon Camé, est perturbé. Il sait qu'il doit informer Natas, de la tournure que prennent les évènements. Mais comment les lui présenter ? Il craint d'avoir droit à une sévère remontée de bretelles !

3 Tunique unique

Rentrés chez eux, Jeanne veille sur son père en l'aidant à respecter la semaine de repos forcé demandée par le corps médical.

Après ces quelques jours d'inaction, Jeanne et son père Jacques tentent de résoudre l'énigme de la troisième étape. Jacques intervient en premier :

- Pour la troisième étape nous avons « **La clé est la signification** »
- La clé est la signification de quoi ? interroge Jeanne.
- La clé est la signification du signe qui nous a été donné dans la deuxième étape. N'oublie pas la logique du cheminement des étapes. Elles sont organisées pour que nous les suivions l'une après l'autre. Donc la clé de l'étape suivante se comprend à partir de la dernière étape accomplie.
- Très bien, donc si je te suis bien, la clé est la signification du signe qui nous a été donné avec le Calice.
- Oui, répond Jacques. Donc les noms à associer sont messe, vin, eucharistie, consécration, sang...

Jeanne essaie au fur et à mesure les différents mots comme mot de passe mais dépitée, déclare :

- Aucun n'est le mot de passe.
- Appelons le père Thomé, décide Jacques.

Deux heures plus tard, ils retrouvent le père dans le couvent qui l'héberge :

- Bonjour père.
- Bonjour Jacques, Bonjour Jeanne.

- Bonjour père. Nous revenons d'Espagne, intervient Jeanne. Mais nous avons été terriblement inquiets pour mon père. Il a été agressé avec un parapluie bulgare.

Jacques raconte au père toutes les péripéties de leur voyage en Espagne.

- Et bien, que d'émotions ! s'exclame le père. Heureusement, vous êtes sains et saufs.
- Notre périple ne s'est pas arrêté là, intervient Jacques. Nous avons vu le Calice à Valence. J'ai donc terminé mon enquête sur le Saint Graal.
- Oui mais tu n'as pas rempli la mission de Jean Dugué, que t'a confirmée le Vieillard, lui répond sa fille. Et ce serait dommage de s'arrêter, je prends goût à l'aventure.

Jacques saisit l'opportunité pour en venir à l'objet de son appel :

- Justement à ce sujet nous aurions besoin de votre aide. Nous en sommes maintenant à déchiffrer la clé de la troisième étape qui est **« La clé est la signification »**.
- Les étapes s'enchaînent à la suite des clés, réfléchit le père. Il doit y avoir une cohérence entre les clés, comme entre les étapes. Si nous reprenons les trois premières énigmes pour les clés nous avons « **La clé est l'Étant** », **« La clé est le mystère »**, **« La clé est la signification ».** Les solutions trouvées pour les deux premières sont « **YHWH** » et « **Trinité** ».

- Oui et qu'en déduisez-vous père ? interroge Jacques impatient.
- Les deux premières clés correspondent aux fondements de la foi : Dieu Est, et Dieu est relation trinitaire, trois personnes en un seul Dieu. Ensuite vient l'union des natures du Verbe, la deuxième personne de la Trinité, à la fois pleinement Dieu et pleinement homme par son incarnation en Jésus.
- Auriez-vous une petite idée pour le mot de passe, sachant qu'il doit avoir un lien avec le Calice ? insiste Jacques.
- Je dirai : « union hypostatique » ou « Verbe incarné » ou « Incarnation », répond le père.

Jeanne essaie :

- Cela ne marche pas.
- Alors, essaie « Résurrection » car l'eucharistie est le signe de la passion, de la mort et de la résurrection de Jésus.

Jeanne ne retient plus sa joie :

- « **Résurrection** », c'est bon, le fichier s'ouvre !
- Merci et bravo père, s'exclame Jacques.

Aussitôt, Jeanne lit le texte lentement pour permettre au père d'écrire :

« Hâtif, se fit homme, pour nos péchés lavés,
et bête de somme, nous a par croix sauvé.
Celte robe blanche est couture innée,
maigre maison blanche chez la fille aînée. »

Le père Thomé :

- Il faut que vous remettiez le texte dans la perspective de la mission.

Jacques relit la deuxième strophe de la mission :

- Nous sommes partis de l'icône de la Trinité, trois personnes en un seul Dieu. Nous avons appris que la personne du Fils s'est incarnée dans la personne historique de Jésus. Nous avons vu son visage dans la coupe de l'icône de la Trinité de Roublev.

Jacques relit à haute voix la troisième strophe de la mission :

- Nous avons trouvé le Calice. Ce signe de la mort et de la résurrection de Jésus. Il est le Vivant. Il nous faut maintenant chercher son visage…
- Il nous faut trouver son visage… répète Jeanne pensive.

Le père prend quelques minutes qui sont pour Jeanne un temps de recueillement, et pour Jacques un temps de prière et d'appel à l'Esprit-Saint. Aucun n'ose l'interrompre, tandis que le père s'abîme dans sa réflexion intérieure.

Soudain une joie jaillit du fond de son être et nous entendîmes sa petite voix douce et fluette nous expliquer :

- Tout chrétien sait que la deuxième personne de la Trinité, le Fils, s'est incarné, prenant la condition humaine en Jésus. Il a pris sur lui la croix comme une bête de somme.

Jeanne impatiente :

- Oui, nous le savons tous, même moi !

Le Père Thomé respectueux et sensible à l'impatience de la jeunesse :

- Patience ma fille, tout vient à point à qui sait attendre. Jésus avait une tunique sur lui lorsqu'il a porté la croix. C'est la Tunique sans couture que les soldats romains ont tiré au sort après s'être partagé ses vêtements.
- Oui, en effet, s'exclame Jacques. C'est ce que nous disent les évangiles.

Père Thomé :

- La robe blanche c'est donc la Tunique souillée de sueur et de sang. Elle est blanche car Jésus est le Saint de Dieu, sans l'ombre d'un péché. Elle est blanche car Jésus nous purifie, si nous acceptons le sacrifice qu'il a fait pour chacun d'entre nous.
- C'est un beau prêchi-prêcha s'exclame Jeanne.
- Jeanne ! intervient promptement Jacques.
- Excusez-moi, père.

Le Père Thomé reprend sans s'émouvoir :

- La robe blanche est la Tunique sans couture. D'origine, elle est tissée d'une seule pièce.

Jacques est tout en affaire devant la piste qui se dévoile :

- Où se trouve-t-elle ?
- Elle est en maison blanche chez la fille aînée. Nous pourrions penser qu'une maison blanche est une maison d'un pays méditerranéen.
- Oui mais là autant chercher une aiguille dans une botte de foin, s'impatiente Jeanne.
- Oui, par contre, chez la fille aînée doit avoir une signification. Je ne sais pas si la

piste est bonne, mais notez bien que la France a toujours été considérée comme la fille aînée de l'Église.

- Oui, c'est sans doute vraisemblable, intervient Jacques. Bien que la maison blanche ne soit pas caractéristique de notre pays. Il peut s'agir de la maison blanche que l'on trouve dans un pays méditerranéen, mais aussi de la maison blanche aux États-Unis, où réside le président !
- Je ne sais pas. Je ne sais plus. Je ne peux pour le moment vous en dire plus. Si dans les jours qui viennent, je suis plus éclairé, je vous rappellerai.
- Merci père, répond Jacques. De notre côté, nous vous tiendrons informé si nous trouvons une solution.

Tous deux prennent congés du Père.

Ils cheminent dans un dédale de couloirs, où leurs pas raisonnent, seuls bruits troublant la quiétude de ce lieu de prière et de recueillement. Ils franchissent la lourde porte cochère du couvent et se retrouvent plongés dans l'agitation bruyante de Paris.

Rentrés chez eux, Jacques et Jeanne partagent le repas du soir et échangent sur le verset de la troisième étape mais sans progresser vraiment.

Jacques a du mal à s'endormir, la parole du Vieillard s'impose à lui : « De l'argent fait ton deuil ». La phrase tourne dans sa tête et il s'efforce de ramener son esprit vers l'énigme : « **maigre**

maison blanche chez la fille aînée ». Après tout un temps de tension cérébrale, il finit par s'endormir.

En se réveillant en milieu de matinée, une piste s'ébauche en son esprit, comme si une idée lui était donnée. À moins que ce soit son inconscient qui ait travaillé durant la nuit…

Jacques s'habille en vitesse s'installe au salon et approfondit son intuition avec un papier et un crayon dans l'attente de la confronter aux idées de Jeanne.

Il regarde les deux derniers versets :

« Celte robe blanche est couture innée,
maigre maison blanche chez la fille aînée. »

Mais oui, les deux derniers versets semblent mal écrits. Au lieu de Cette robe, il est écrit Celte robe. Il faut repartir de la langue Celte. Le Christianisme a supplanté les croyances païennes.

Jacques fait des recherches sur internet pour traduire en Celte maigre maison blanche. Il tombe sur « la petite maison blanche » qui se traduit en Celte par « Ar Gen Ti Eul ». Il tourne et retourne les mots dans la phrase pour en rechercher le sens.

En regardant sur internet il trouve Argenteuil, et la basilique Saint-Denis où est conservée la Tunique du Christ !

Lors du petit-déjeuner, Jacques partage avec Jeanne sa découverte dans une joie frénétique :

- Nous allons téléphoner au curé d'Argenteuil pour le rencontrer. Il aura sûrement des choses à nous dire.
- Oui, mais n'oublies pas de prévenir le père Thomé, qu'il ne cherche pas en vain.

Jacques obtient un rendez-vous pour le surlendemain à 10h00 après la messe. Jacques décide de mettre à profit ce temps pour commencer à rédiger les articles sur le Saint Graal.

Chacun vaque à ses occupations. La journée passe vite avec le travail et c'est à une heure avancée que Jacques trouve un profond sommeil.

Une sonnerie ininterrompue meuble le rêve de Jacques. Dans un demi-sommeil, une alarme se fait entendre. Le réveil est brutal. Jacques se dresse sur son séant. Avant de réaliser que ce n'est pas un rêve, il jette un rapide coup d'œil au réveil sur la table de nuit : 4h00 du matin ! Cette fois il réalise que ce n'est ni l'heure de se lever, ni la sonnerie bien connue de son réveil.

Des odeurs de fumée…

Jacques hurle en se levant et en se précipitant vers la porte de sa chambre :

- Jeanne, Jeanne…

L'escalier est en feu. Des craquements épouvantables se font entendre. La fournaise est intenable.

Jacques attrape son complet et se précipite sur la porte de la chambre qui jouxte la sienne, et entre. Jeanne est déjà debout, interloqué. Il referme précipitamment la porte, attrape un vêtement et le cale sous la porte pour éviter l'entrée des fumées.

N'ayant pas d'autres issues, Jacques ouvre la fenêtre. Il attrape le matelas, le jette par-dessus le garde corps. Jacques s'aperçoit alors qu'il est en pyjama et pied nus. Il dit à sa fille qui enfile ses chaussures :

- Dépêche-toi, je vais t'aider à descendre.

Jeanne attrape son sac et son ordinateur portable, sans trop réfléchir. Puis elle saute par la fenêtre. Son Père la suit immédiatement.

Ils s'éloignent un peu de la maison dans le jardin, et Jacques, complètement réveillé bien que se demandant si tout est bien réel, s'écrie :

- Les pompiers ?

C'est alors que Jeanne se félicite intérieurement d'avoir eu le réflexe de prendre son sac à main. Elle en sort son portable et compose le 18.

Jacques regarde alors sa montre : 4h10 du matin. Quelques minutes plus tard, une sirène trouait le silence de la nuit. En quelques minutes les pompiers étaient présents et déployaient les lances à incendie.

Que va-t-il rester de ses meubles, de tous ses souvenirs, des photos qui lui rappelaient toute les années heureuses en couple ? Un sourire s'esquisse sur ses lèvres : oui sa femme avait eu cent fois raisons en insistant pour qu'il installe des alarmes incendies. Puis son regard se pose sur Jeanne. Nous sommes saufs, c'est l'essentiel, se dit-il dans son fort intérieur. Il est dépouillé malgré lui, des choses matérielles. Il se rappelle alors les paroles du Vieillard : « de l'argent fait ton deuil ». Le chemin est peut-être de se détacher des choses matérielles, pour s'attacher à l'essentiel, aux personnes…

La police arrive et fait les premières constatations. Quelques vingt minutes plus tard un inspecteur de police arrive en voiture. Il vient d'être visiblement tiré du sommeil, il n'a pas eu le temps de se raser. Il s'entretient quelques minutes avec un des deux policiers, puis s'approche de Jeanne et Jacques.

- Bonjour, je suis l'inspecteur Bertrand Lefevre.
- Jacques Latour, et voici ma fille Jeanne.
- Avez-vous de la famille à proximité ? interroge l'inspecteur.
- Non, je n'ai malheureusement pas de famille dans la région, je suis un

« chtimi ». Ma famille est dans la région de Lille.

- Avez-vous un endroit où aller ?
- Non, nous allons essayer de trouver un hôtel à proximité en attendant de trouver une petite location en meublé si possible car je crois qu'il ne me reste pas grand chose.
- Je vais vous demander de passer demain vers dix heures au commissariat pour les formalités et les vérifications d'usage.

Progressivement les pompiers se rendent maître du sinistre. Aux dégâts du feu va s'ajouter le dégât des eaux. Les eaux ruissellent de partout achevant la destruction de ce qui n'a pas été consumé par le feu.

Jacques emmène sa fille dans sa voiture préservée car demeurée à l'extérieur. Ils s'arrêtent près de la gare RER et attendent l'ouverture d'un bar. Ils échangent sur un banc, se libérant ainsi de la charge émotionnelle des derniers évènements.

Le bar s'ouvre enfin. Ils sont les premiers clients et se réconfortent par un solide petit-déjeuner. Jacques prévient Jeanne qu'il part pour le commissariat de police, et qu'ensuite il ira déclarer le sinistre à son assureur. Jeanne répond qu'elle compte aller voir une amie à Rueil-Malmaison.

Jacques se gare à proximité du Commissariat du Vésinet. Il y est accueilli par un policier qui le conduit dans le bureau de l'inspecteur Bertrand lefevre. Le policier annonce :

- Monsieur Jacques Latour.

L'inspecteur se lève pour l'accueillir :

- Bonjour Monsieur Latour.

- Bonjour inspecteur.

Le policier sort en fermant la porte derrière lui, laissant l'inspecteur poursuivre :

- Suite à vos ennuis, croyez que je ferai le maximum pour vous aider.
- Merci, beaucoup.
- J'irai droit au but. Nous avions un doute sur l'origine du sinistre. Les premiers résultats de notre police scientifique confirment la forte probabilité du caractère criminel de cet incendie.
- Je ne comprends pas s'étonne Jacques ébahi.
- Oui, je sais le choc que cela peut représenter. Mais je suis obligé de vous poser un certain nombre de questions. Avez-vous des ennemis ?
- Non ! répond Jacques presque outragé.
- Je crois que vous n'avez pas compris la portée de ma question. Quelqu'un a-t-il un intérêt quelconque à vous éliminer ? Si l'incendie est bien d'origine criminelle, son auteur est sans doute prêt à tout, peut être même à vous éliminer physiquement vous et votre fille.

A l'évocation de sa fille, Jacques saisit la portée de la parole de l'inspecteur !

Il se raidit avant de répondre :

- A ma connaissance, je n'ai pas d'ennemi et je ne suis l'ennemi de personne. Mais, je comprends bien les enjeux aussi je suis prêt à vous aider le mieux possible dans votre enquête.
- Voilà qui est parlé raisonnablement. Ne vous offusquez pas de mes questions maintenant. Avez-vous connu de près ou

de loin la drogue, les femmes, le jeu, des affaires équivoques ?

- Non, jamais ! répond rapidement Jacques presque offensé.
- Et vos proches, votre fille ?
- Oh ! Non, rétorque Jacques virulent. Puis il se calme pour poursuivre pensif : Vous ne connaissez pas ma fille, elle illumine ma vie de vieil homme, blessé par son veuvage…
- Excusez-moi.

Après quelques secondes l'inspecteur reprend :

- Y a-t-il eu des changements récemment dans votre vie ou dans celle de votre fille ?

La phrase de l'inspecteur percute Jacques de plein fouet. Il a compris les avertissements du Vieillard. Le chemin initiatique qu'il a emprunté ne sera pas un long fleuve tranquille. Mais il s'affaisse soudain dans le fauteuil en pensant à Jeanne. Pourquoi l'ai-je entraînée dans cette galère ?

L'inspecteur voyant l'esprit soucieux de Jacques :

- Vous pouvez tout me dire, cela restera entre nous…

Jacques trouve cet inspecteur très sympathique et chaleureux. La confiance s'établit entre eux. Il sait qu'il a besoin d'aide pour que Jeanne ne coure aucun risque :

- Je vais tout vous raconter. C'est vrai il y a eu des changements récents dans ma vie suite à la mission que mon rédacteur en chef m'a octroyée….

Et Jacques raconte la mission de son journal concernant la recherche du Graal et son séjour en Espagne. Il comptait en rester là trouvant ses dires compréhensifs pour le commun des mortels.

Mais c'était sans compter avec la perspicacité de l'inspecteur :

- Je ne comprends pas. Vous avez fini votre enquête concernant la recherche du Graal. Vos découvertes sont intéressantes, mais pas exceptionnelles. Excusez-moi de vous dire cela, mais un esprit curieux peut faire les mêmes découvertes en accédant à ce qui est du domaine public : les bibliothèques, la cathédrale de Valence. À moins bien sûr que quelque chose m'échappe, cela ne me semble pas justifier cet incendie criminel.

Jacques comprend que l'inspecteur sent intuitivement que son récit n'est pas complet.

L'inspecteur poursuit devant le silence de Jacques :

- Bon écoutez, je ne vous promets rien mais je vais analyser la situation ce jour et nous aurons dans quelques jours les résultats complets des prélèvements réalisés sur place par notre police scientifique. Pour le bien, il faudrait que j'auditionne votre fille. Elle aura peut-être des détails précis à m'indiquer. Les femmes perçoivent des détails que nous ne soupçonnons même pas…
- Je ne souhaite pas que ma fille soit mêlée à cette enquête. Elle est très affectée. Elle a perdu sa mère il y a 5 ans, et elle vient de perdre la plupart de ses souvenirs.

- Soit, pour l'instant je ne verrai pas votre fille. Voici ma carte. En cas de besoin ou pour tout élément nouveau contactez-moi.

Jacques se lève et prend congé :

- Je vous remercie pour votre aide.

Jacques part ensuite à Rueil-Malmaison pour constituer le dossier du sinistre auprès de son assurance.

Après ses démarches Jacques se rappelle qu'il n'a pas eu Augustin Dugué depuis son départ pour l'Espagne. Il décide donc de l'appeler pour le rencontrer et lui raconter tous les évènements écoulés depuis.

Leur contact au téléphone est bref, mais Augustin insiste pour inviter Jacques et sa fille à dîner le soir même en son domicile du Vésinet.

Augustin prépare dans l'après-midi le dîner pour ses convives. Une bonne heure avant l'arrivée prévue de ses convives tout est prêt. Il décide de poursuivre la lecture de son livre… Au bout de quarante-cinq minutes, Augustin ferme le best seller qu'il vient de terminer. Il est ébranlé dans son fort intérieur. Certes il n'est pas spécialement croyant et encore moins pratiquant, mais ce qu'il vient de lire remet en cause ses vagues convictions religieuses.

Le Jésus véhiculé par la civilisation judéo-chrétienne n'est pas Dieu... Il s'est marié à Marie-Madeleine. Il a pour descendant les mérovingiens, et de nos jours les Saint-Clair et les Plantard. L'église, particulièrement le Vatican, a montré au fil du temps une capacité de désinformation, une volonté de ne retenir que certains livres orientés dans la Bible, commanditant même des meurtres…

Le soleil décline vers l'horizon. Augustin pose le livre sur la table basse, déstabilisé par ces informations culbutant ses anciennes certitudes.

En entendant la sonnerie de l'entrée, il se lève pour aller ouvrir. Il se trouve devant Jacques et une splendide jeune fille.

Jacques est le plus rapide :

- Bonjour Augustin.
- Bonjour Jacques.
- Je vous présente ma fille Jeanne.

Augustin est subjugué par Jeanne. Son visage s'illumine d'un sourire. Elle porte une innocence angélique dans le regard. Ses yeux pétillent la joie de vivre.

Leurs yeux se croisent, leurs yeux se touchent, puis leurs yeux s'enlacent. Alors elle baisse ses yeux pour cacher son trouble.

D'une voix tremblante, pleine d'émotions, Augustin reprend :

- Bonjour Jeanne, je m'appelle Augustin Dugué, mais vous pouvez m'appeler Augustin.

Jeanne esquisse un sourire :

- Bonjour Augustin.

Cette voix, qu'il entend pour la première fois, fait vibrer son cœur. Mais il se reprend :

- Entrez, je suis heureux de vous accueillir chez moi.

Ils s'installent dans les trois fauteuils. Augustin sert l'apéritif. Jeanne en profite pour observer Augustin qui ne la laisse pas indifférente. Il est de taille moyenne, mais trapu. Son corps, tout en muscle, sculpté par le sport lui donne un air viril.

Jeanne est la première à prendre la parole une fois le service effectué :

- J'ai appris pour votre père, et j'en suis désolé.
- Merci, personne ne sait ce qu'il est devenu. La police évoque une fugue, car pour eux une absence de cadavre est une absence de meurtre.
- Qu'allez-vous faire ?
- J'ai déjà remué ciel et terre, il reste introuvable. Il n'y a malheureusement peu d'espoir de le retrouver en vie.

Jacques intervient pour ne pas laisser la situation s'assombrir. Il informe Augustin sur le contenu de la clé et sur les informations collectées en Russie par son père.

Augustin ne comprend pas l'explication sur l'icône de la Trinité. Ce langage est une théologie complètement hermétique pour lui. Il n'a jamais eu d'enseignement religieux. Il ne s'est jamais posé vraiment le problème de l'existence ou non de Dieu. Il vit pleinement, et cela lui suffit.

Augustin cependant ne se lasse pas d'interroger Jeanne et Jacques :

- Que Dieu existe pour certains, je peux le comprendre. Pour ceux qui consacrent leur vie à Dieu, il est préférable d'avoir cette certitude intérieure. Mais parler d'un Dieu qui soit à la fois trois et un paraît difficile à comprendre. Dire que le Fils de Dieu s'est fait homme me semble contraire au bon sens. Annoncer en plus que Jésus transforme le pain et le vin en son corps et son sang, à chaque messe et encore de nos jours, est complètement déraisonnable.

Jeanne lui répond :

- Je comprends ton questionnement et ton doute. Cela semble fou d'un certain côté. Mais dis-toi bien que tu commences juste à découvrir des vérités qui relèvent en partie du mystère.

Augustin reprend Jeanne :

- C'est trop facile de parler de mystère, cela permet d'évacuer le problème.

Jeanne est contrite par la réaction d'Augustin :

- Excuses-moi, je n'avais nul intention de te faire de la peine. J'ai eu beaucoup de chances d'avoir été sensibilisé au spirituel par mes parents.

Les paroles de Jeanne calment Augustin qui se tait alors pour goûter la quiétude auprès de Jeanne. Il se sent bien en sa présence. Le monde est transfiguré par sa présence. Il désire rester à ses côtés.

Jacques raconte alors leur périple en Espagne, l'agression au parapluie bulgare, l'étape suivante prévue à Argenteuil, l'incendie de leur maison.

- Oui, j'ai eu très peur, exprime Jeanne spontanément.

Augustin est touché en plein cœur par cette parole de Jeanne. Il veut la protéger à tout prix.

- Écoutez, profitons de l'opportunité, je suis en vacances ce soir. Et même si je ne crois pas à vos bondieuseries, je souhaite vous accompagner.
- Comment est-ce possible ? s'enquiert Jeanne.

Augustin est ravi de l'intérêt de Jeanne pour lui :

- Vous avez besoin d'une protection rapprochée. Je suis passionné de sport et d'énigmes à résoudre. Je fais parti, disons de services spéciaux, service action et service du chiffre.
- C'est très gentil mais nous ne pouvons accepter, s'exclame Jacques.
- Vous devez accepter au moins pour deux raisons. D'abord il est manifeste que vous avez besoin de protection. Jeanne n'est

plus en sécurité nulle part maintenant que vous l'avez engagé dans cette aventure.

Augustin touche le point faible de Jacques. Il rappelle à Jacques sa responsabilité dans les risques qu'il fait courir à sa fille. Augustin poursuit :

- Ensuite, vous me rendrez service pour plusieurs raisons. Je pourrai peut-être obtenir des informations sur mon père. De toute façon je ne peux pas rester ainsi sans rien faire. En poursuivant sa mission, je me sentirai plus proche de lui. Et puis je me sens bien avec vous.

Augustin termine avec un sourire en coin à l'attention de Jacques :

- Nous formons une équipe n'est-ce pas ?

Jacques n'hésite pas longtemps sachant qu'Augustin est à la fois une protection et une aide pour découvrir l'énigme, compte tenu de son engagement dans des services spéciaux :

- Je désire poursuivre la mission qui m'a été assignée, mais avant tout protéger ma fille. Aussi j'accepte votre aide si Jeanne est d'accord.

Jeanne est troublée se demandant ce que pense vraiment son père :

- Je ne peux être que d'accord avec toi.

Augustin est tout joyeux. Il va pouvoir protéger celle qui a désormais tant de prix à ses yeux. Il désire la blottir dans ses bras pour la protéger. Mais Augustin ne veut rien brusquer de peur de rompre le charme par un comportement hâtif et déplacé. Il revient donc au présent :

- En attendant mieux, vous pouvez vous installer dans ma maison, j'ai trois chambres de libres.

A la réponse positive de Jeanne et Jacques, une lumière s'allume dans le cœur d'Augustin assombri depuis la disparition de son père. C'est comme un soleil qui éclaire son cœur. Ils sont riches de la promesse de lendemains enchanteurs.

Les jours suivants ils retrouvent leur maison en grande partie calcinée. Qu'il est triste de voir tout son passé s'effacer brutalement. Il ne reste que quelques souvenirs enfouis dans la mémoire. C'est un peu de leur être qui meurt. Mais en fouillant dans les décombres, ils retrouvent ici une photo à moitié effacée par l'eau, là un vase éclaté par le feu, là encore une icône noircie par la suie. Alors le vague à l'âme les reprend au souvenir de tant d'êtres qu'ils aiment ou ont aimés. Ils se sentent encore davantage en exil…

Mais ils n'ont pas le temps de s'appesantir sur leur sort, car la vie est le mouvement. Ils repartent donc, le cœur lourd, pour accomplir les multiples démarches que leur impose la situation.

Avec tous ces derniers évènements, Jacques a oublié le rendez-vous avec le curé d'Argenteuil. Le prêtre contacté au téléphone se montre très compréhensif, et une nouvelle rencontre est prévue.

Quelques jours plus tard, Jeanne, Jacques et Augustin se rendent à la basilique Saint-Denis où les attend le père Jean Christos.

Jacques s'avance vers le prêtre assis devant le chœur :

- Bonjour père, je suis Jacques Latour que vous avez eu au téléphone et voici ma fille Jeanne et notre ami Augustin Dugué.
- Bonjour, je suis heureux de faire votre connaissance.
- Merci de nous recevoir et de passer du temps avec nous.

Le Curé Christos est d'emblée sympathique. Son visage respire la simplicité et la bonté, aussi Augustin, avide de savoir, n'hésite pas à lui demander :

- Mais qui était Saint Denis ?
- Saint Denis était un missionnaire venu d'Italie au troisième siècle, avec quelques compagnons, selon l'historien Grégoire de Tours. Il deviendra le premier évêque de Paris alors dénommée Lutèce. Denis est martyrisé et décapité vers l'an 250 à Montmartre. Il marche, selon Grégoire de Tours, la tête sous le bras jusqu'au village de Catolacus où il s'effondre. C'est dans ce lieu, qui prendra le nom de saint Denis, qu'il est enterré. Presque la totalité des rois, reines et princes de

France sont inhumés dans la basilique saint Denis.

Le curé poursuit sans laisser à Augustin le temps d'une nouvelle question :

- Si vous le voulez bien nous allons maintenant à la sacristie pour que je vous montre la Tunique, poursuit le père en les entraînant à sa suite.

La tunique est dans une grande chasse dorée et vitrée.

Au premier abord, la simplicité du vêtement, gris foncé presque noir, est déroutante. Cette tunique est constituée de morceaux assemblés, tel un puzzle, sur un support. Quelques morceaux absents laissent apparaître la doublure.

Augustin interroge le prêtre sur l'origine de la Tunique :

- Quelle est l'origine de ce vêtement pour les scientifiques ?
- la confection et la teinture montrent l'origine orientale de la Tunique et la datent du Ier siècle, répond le père. C'est une Tunique de dessous souple et légère en laine tissée à la main selon la torsion dite « en Z ». La Tunique est teinte avec un mordant de fer, comme la garance, très utilisée dans l'Orient des premiers siècles de l'ère chrétienne. La garance est utilisée par les gens de condition modeste, tandis que les riches se servent du pourpre.
- Quelles sont les spécificités de cette Tunique ? demande Jacques.

- La spécificité de la Tunique est qu'elle était primitivement « inconsutile », c'est-à-dire sans couture, tissée d'un seul tenant, y compris les manches. Il s'agit d'un procédé de tissage particulier dont la technique ne s'est pas perdue en Orient.
- Avez-vous d'autres informations ? questionne Jacques.
- Le professeur Lucotte a décelé la présence sur la Tunique de 18 espèces de pollens, dont la plupart sont des plantes anciennes méridionales (pollens anciens de palmier, de plante grasse). Il trouve une espèce de Tamarix et de Pistachier, plantes endémiques en Palestine. Il détecte également des spores de rouille de graminée que l'on ne trouve en Palestine qu'en mars / avril. Le professeur étudie les poussières minérales qui indiquent le port de la Tunique dans une région à sol quasi désertique.

- D'où proviennent les taches visibles sur le linge ? s'enquiert Augustin.
- L'homme porteur de cette tunique a laissé son sang et sa sueur sur celle-ci. Il a été flagellé sur tout le corps. Il a porté une croix, après la flagellation, comme l'indiquent les taches de sang sur le dos et sur les épaules. Ces taches sont postérieures aux blessures de la flagellation. Une tache importante se trouve à l'endroit où une ceinture a arrêté le flux de sang ruisselant des plaies de la flagellation.

- Des analyses scientifiques ont-elles été faites ?
- En 1985, le Dr Saint Prix démontre que le sang de la Tunique est de groupe AB. Le professeur Gérard Lucotte, en étudiant le sang et l'ADN laissés sur la Tunique, découvre qu'il s'agit bien d'un homme d'origine juive orientale, et qu'il a énormément souffert.

Après quelques instants, devant le silence, le prêtre reprend :

- Voilà ce que je pouvais vous dire, si vous n'avez pas d'autres questions, je vais devoir vous laisser à vos médiations.
- En tout cas toutes les informations que vous nous avez communiquées nous serons très précieuses et nous vous remercions beaucoup pour votre aide.
- Mon dernier conseil, conclut le père, si vous souhaitez approfondir le sujet, serait de visiter les bibliothèques de la commune, du département, du diocèse.

Sur ce conseil nous quittons le curé au nom prédestiné.

Après nous être restaurés, nous avons tout l'après-midi pour fureter dans les bibliothèques. Le soir nous regagnons le domicile d'Augustin au Vésinet.

Revenus chez Augustin, ils mirent de l'ordre dans leurs idées. Jacques est le premier à prendre la parole :

- Les éléments que nous avons sont que l'homme qui a porté cette tunique a été flagellé sur tout le corps. Ensuite il a porté une croix.

- Nous pouvons dire, complète Augustin, qu'il s'agit d'un juif oriental, de groupe sanguin AB
- Oui, acquiesce Jacques, et ces évènements se sont passés au premier siècle de notre ère d'après le vêtement. La flore relevée sur le Tunique indique la période de Mars/avril, et la région de Palestine. Les poussières indiquent un sol quasi-désertique.

Non loin de là, un étrange personnage téléphone :

- Monseigneur Natas ? c'est Léon Camé
- Qui veux-tu que ce soit ? répond Natas avec mordant.
- Excusez-moi Monseigneur, s'exprime mielleusement Léon dit le caméléon.
- Tu es complètement « camé » mon pauvre Léon, s'esclaffe Natas, réjoui de sa trouvaille.
- Oui Monseigneur, s'exprime Léon Camé hésitant, ne sachant quelle contenance prendre.
- Trêves de bavardage, où en es-tu avec ce Jacques ? interroge Natas.
- J'ai fait incendier sa maison, j'espère pour lui qu'il a compris, répond Léon plus à l'aise dans le concret.
- En tout cas sa prochaine étape est la Tunique d'Argenteuil qui n'est plus en très bon état, ironise Natas.
- Ah bon ! interpelle Léon, un brin naïf.
- Bien sûr, déjà à l'origine en Palestine, les chrétiens ont dû la cacher des juifs et des romains inspirés par mes sbires, répond Natas remplit de contentement.

Natas est satisfait d'en imposer et poursuit :

- Les perses habilement conseillés envahissent la Palestine. Malheureusement les chrétiens réussissent à la transférer à Constantinople.
- Et en France ? demande Léon.

- Charlemagne la reçoit de l'impératrice Irène. Mais les français n'arrivent pas plus à protéger la Tunique. Les normands envahissent la France et montent sur Paris. Les religieuses cachent la Tunique si bien qu'elles perdent sa trace pendant plusieurs siècles.
- Mais elle refait surface ? poursuit Léon satisfait de la tournure de la conversation.
- Oui, lors de travaux, mais la cupidité humaine me permet de pousser un noble chevalier lorrain du XIIIe siècle, Gaultier de Haute-Pierre, à dérober un morceau de la relique. Mais il devint enragé et fut pris de frénésie au point de succomber le onzième jour après s'être confessé publiquement.
- Et la Tunique que devient-elle ensuite ? interroge Léon.
- La Tunique, par peur, pendant la période révolutionnaire le curé l'a découpée pour cacher les morceaux en plusieurs endroits. Après la période révolutionnaire, ils n'ont même pas retrouvé tous les morceaux.
- Ce fut un échec, elle n'a pas complètement disparue, poursuit Léon de bonne foi…
- Ne me parle pas comme cela, répond Natas incisif. Tu ne soupçonnes pas ma capacité d'arriver à mes fins. La seule chose qui m'intéresse c'est que tu ne me déçoives plus. Poursuis ta mission, surveille ce Jacques.

4 Linge taché

Rentrés au Vésinet, Jeanne, Jacques et Augustin s'installent au salon.

Augustin consulte ses messages dans l'espoir d'avoir des nouvelles de son père. C'est vraiment le black out complet : aucune nouvelle par téléphone, message, ou courrier... Il se résigne cependant et sa tristesse s'estompe en contemplant le visage de Jeanne. Et bien vite il se reprend :

- Je suis très content que vous ayez accepté mon hospitalité. J'ai l'impression de retrouver une famille, se réjouit Augustin. Je me sens moins seul dans cette attente de nouvelles.
- Nous te sommes très reconnaissant Augustin de nous accueillir dans la chaleur d'un foyer plutôt que de nous laisser à l'hôtel, lui répond Jacques.

Jeanne avec sa douce voix qui émeut tant Augustin :

- Oui, Augustin, ton hospitalité nous touche beaucoup et nous réconforte.

Jacques intervient alors pour éviter tout dérapage sentimental :

- Bon il ne faut pas mollir. Venant de terminer la troisième étape, nous pouvons envisager la quatrième étape, l'étape charnière du milieu de notre chemin initiatique.

Jacques prend alors un ton cérémonieux et lit la clé pour la quatrième étape :

- « **La clé est sa caractéristique** »

Augustin qui découvre :

- Mais votre clé est une énigme. Elle parle de quelle caractéristique ?
- Les étapes s'enchaînent, liées les unes aux autres, répond Jeanne. Il s'agit donc de la caractéristique de la Tunique.
- La caractéristique principale propre de la Tunique, répond Jacques, est qu'elle est sans couture, c'est-à-dire tissée d'origine d'une seule pièce. La clé peut donc être « **inconsutile** ».

Jeanne essaie aussitôt

- « Inconsutile », dans le mille, le fichier s'ouvre…

Jeanne lit alors la strophe correspondant à la quatrième étape :

« Tu es San Salvador,	**par les sang et sueur,**
versés en gouttes d'or,	**pour être la lueur.**
Tu laves nos péchés	**tel est notre credo,**
le suaire taché	**est en « Ubi-edo ».**

- San Salvador veut dire Saint Sauveur en espagnol, commence Jacques.

Jeanne tourne son regard vers Augustin :

- Oui, le fondement de la foi est un seul Dieu en trois personnes : le Père, le Fils et le Saint-Esprit. Le Fils s'est fait homme dans le personnage historique de Jésus. Il est le seul homme à être Saint car il n'a pas péché. Bien plus il a vécu sa passion, est mort en sacrifice sur la croix, et est ressuscité le troisième jour. Jésus est donc le Sauveur parce qu'il est venu sauver tous les hommes.

Augustin ne voulant pas aborder le sujet de la foi qui lui semble stérile en homme d'actions qu'il est :

- Il faut nous attendre à partir vers un pays parlant espagnol, c'est-à-dire en Espagne où dans un pays d'Amérique centrale ou du sud.
- Oui, mais lequel ? s'interroge Jeanne.
- Avec si peu d'éléments il nous faut poursuivre nos investigations. Appelons ma nièce Anne, conclut momentanément Jacques.

Jacques joint par téléphone Anne à Madrid. Après les échanges affectueux pour s'enquérir des uns et des autres, Jacques continue :

- Nous avons apprécié ton accueil et ton aide lors de notre venue à Valence.
- Ce fut un plaisir, pour moi et mon mari, de vous recevoir.
- Nous aurions à nouveau besoin de tes compétences pour notre quatrième étape, poursuit Jacques.
- Pas de problème si mes compétences sont suffisantes pour vous aider lui répond Anne.

Jacques lit alors la strophe de la quatrième étape à Anne, puis lui dit :

- Nous avons compris que cette étape se passe en Espagne ou dans un pays de langue espagnol. Mais nous ne savons ni le pays, ni la ville. Nous recherchons la signification de « Ubi-edo ».

Anne, après quelques instants de réflexion, répond embarrassée :

- Je ne peux pas vous le dire tout de suite. Je ne sais pas. Je vais rechercher et je vous rappelle dès que j'aurai les indications.

Au bout de deux heures, Anne rappelle :

- Les mots Ubi-edo sont du latin. Ubi signifie dans le lieu et Edo manger.
- C'est donc bien un lieu, s'exclame Jacques

Anne s'enquiert alors de leur nouvelle quête :

- Que cherchez-vous ?
- Un suaire taché de sang et de sueur qui est en Ubi-edo et qui est San Salvador, lui répond Jacques.

Anne lui répond en vérifiant qu'elle a bien compris leur recherche :

- Vous cherchez donc le suaire taché de San Salvador, c'est-à-dire du Saint Sauveur, de Jésus. Il se situe « au lieu du manger ».
- Oui ça reste énigmatique mais avec le nom du Sauveur en Espagnol, il doit se situer en Espagne ou en Amérique du Sud, confirme Jacques.
- Si vous le souhaitez, je peux vous accueillir quelques jours et nous chercherons ensemble, indique gentiment Anne.
- Ce serait avec plaisir, répond Jeanne. Tu peux vraiment nous aider, toi qui penses maintenant en Espagnol avant de penser en Français, ta langue maternelle.
- « Tout flatteur vit au dépend de celui qui l'écoute », leur répond Anne avec une pointe d'humour. Si je comprends bien en

mettant la barre aussi haute, je vais être obligée de chercher avant votre arrivée…

- À oui, j'allais oublier, intervient prestement Jacques. Nous ne serons pas deux, mais trois. Augustin, notre nouvel ami accepte de nous aider. Il nous accompagnera.
- Pas de problème, plus on est de fous, plus on rit, réplique Anne.
- Merci pour les fous ! ironise Jacques.

Anne rebondit à propos :

- Mais il s'agit de la folie d'aimer bien sûr.

Ils se quittent sur ces bonnes paroles, tandis que les regards d'Augustin et de Jeanne se croisent furtivement comme s'ils pensaient à la même chose au même moment…

Arrivés à l'aéroport de Madrid, ils récupèrent leurs valises et aperçoivent Anne, tout sourire, venue les chercher :

- Bonjour, avez-vous fait bon voyage ?

Jacques parlant au nom des trois :

- Tout s'est bien passé. Nous sommes en pleine forme, désireux de connaître la suite…
- Justement, vous avez de la chance, j'ai travaillé pour vous, rétorque Anne.
- Et alors ? questionne Jacques impatient.
- Vous avez bien fait de venir ici, la suite est en Espagne à environ quatre heures de voiture de Madrid.
- Comment as-tu trouvé la suite ? demande Jeanne aussi impatiente que son père.
- S'agissant d'une relique notable, je me suis dit qu'elle devait se trouver dans une cathédrale.
- Et alors ? questionne à son tour Augustin.

Anne avec une pointe de malice mimant Raymond Devos :

- Et le spectateur : « et alors ? »
- Excuse-moi, intervient Augustin qui ne connaît pas l'humour de cette famille.
- Non, pas de quoi. Comme c'est la deuxième fois que vous me faites le coup du « et alors », je me suis permis cette digression, précise Anne.

Jeanne faisant l'innocente :

- Et, alors ?
- Et alors, je ne me rappelle plus du tout comment cette histoire se termine. Je ne me rappelle même plus comment elle a commencé...

Jeanne, Jacques et Augustin éclatent tous de rire.

Anne, contente de son effet à la « Devos », reprend la parole :

- J'ai trouvé une ville dont le nom dérive de l'expression « Ubi-edo », c'est-à-dire « où je mange ». La légende prétend que Fruela Ier des Asturies, roi de 757 à 768, était parti chasser avec des amis. Ils se sont arrêtés pour déjeuner dans un endroit idyllique. Le roi aurait décidé de construire une ville à l'endroit où il mangeait. Les romains appelaient la colline où est construite la ville « Ovetao ». La ville a pris ensuite le nom dérivé d'Oviedo.
- C'est une hypothèse très intéressante ! souligne Jacques.
- Attendez la suite, la cathédrale de cette ville est la cathédrale du San Salvador, du Saint Sauveur.
- Bravo Anne et merci pour ton aide si précieuse, répond Jacques.
- Bien, j'ai prévu que nous allions demain à Oviedo. Mais aujourd'hui je vous invite à vous installer dans mon appartement, à vous restaurer, puis nous irons visiter Madrid.

La soirée se passe agréablement émaillés de rires, de souvenirs évoqués avec joie, en particulier les fêtes de fin d'années passées ensembles dans le Nord de la France. Augustin écoute attentivement, émerveillé par cette vie de famille. Bien qu'étant étranger à ce vécu, il se sent lui aussi plongé dans « un bain familial » où l'affection est très présente.

Le lendemain, ils sont tous prêts à 8h00. Le trajet Madrid Oviedo de plus de quatre heures permet des conversations passionnantes sur le sujet qui les occupe tous. Le voyage passe vite et déjà ils entrent dans Oviedo. Ils se garent à proximité de la cathédrale et vont se restaurer d'une délicieuse pizza.

Ils arrivent sur la place de la cathédrale. Anne, plus fière qu'une espagnole de son pays d'adoption, leur présente Oviedo et la cathédrale :

- Oviedo est la capitale de la principauté des Asturies. La cathédrale, consacrée au Saint-Sauveur, est de style gothique flamboyant. Elle est célèbre pour les reliques qu'elle renferme. Le portique est constitué de trois portes qui correspondent aux trois nefs. La cathédrale ne comprend, pour des raisons financières, qu'une seule tour, mais c'est la plus haute d'Europe.
- Magnifique ! s'exclame Jeanne.

Anne consulte sa montre :

- Mais nous bavardons, ou plutôt je bavarde, la cathédrale doit être ouverte à 14h00.

Arrivés sur place, ils sont tous déçus, les lourds vantaux de la porte sont fermés. Une affiche indique la fermeture exceptionnelle pour cause de travaux. Leur désappointement est grand. Leur enthousiasme s'est effondré d'un coup, tant d'heures de trajet pour trouver portes closes. Que faire ?

Ils se dirigent vers le syndicat d'initiative mais là encore grosse déception, ils apprennent que les travaux dureront six mois. Voyant leurs mines déconfites, l'employé leur propose d'aller à la bibliothèque à 500 mètres de là pour y consulter les ouvrages se rapportant à l'historique de la cathédrale.

Ils se dirigent vers la bibliothèque ouverte au public. Anne interroge un bibliothécaire, qui en interpelle un autre. Ce dernier va chercher un livre très ancien et le ramène délicatement dans ses mains gantées. Il pose sur une table l'ouvrage très précieux. L'homme connaît très bien le sujet et s'avère une véritable mine de renseignements qu'il nous dévoile posément, laissant à Anne le temps de traduire. Voyant le grand intérêt que nous portons à ses dires, il n'hésite pas à nous transmettre ses connaissances. Il termine en nous proposant de nous accompagner chez l'évêque qu'il connaît bien. Il nous donne rendez-vous, après la fermeture de la bibliothèque, à 17h15. Après l'avoir remercié, nous utilisons le temps libre à une courte visite de la ville.

A l'heure dite, le chaleureux bibliothécaire nous amène, par un dédale de ruelles, jusqu'à l'évêché. C'est un ancien bâtiment où l'influence des invasions se fait sentir dans l'architecture. La bâtisse a beaucoup d'allure. Les volets sont mis en espagnolette car la chaleur est pesante en ce jour. Les fenêtres, avec leurs yeux mis clos, nous contemplent de toute leur hauteur. Après un coup de sonnette, le secrétaire vient nous ouvrir. Le bibliothécaire s'entretient avec lui. Nous entrons dans un hall ou la fraîcheur bienfaisante contraste avec la chaleur étouffante qui règne à l'extérieur. Nous sommes ensuite introduits dans un salon orné de boiseries avec des plafonds à la française. La pièce s'orne d'une cheminée en pierre portant en son centre le motif de la coquille Saint Jacques, qui nous rappelle que cette ville est sur le parcours du pèlerinage de Saint Jacques de Compostelle. Nous nous installons dans des fauteuils et banquettes Louis XV. Une grande sérénité règne en ces lieux.

La porte s'ouvre et l'évêque tout sourire vient au devant du bibliothécaire qui s'est promptement levé nous devançant. Le bibliothécaire parle à l'évêque nous désignant d'un geste circulaire de la main. L'évêque nous accueille à notre tour. Son emploi du temps est très chargé mais il désire absolument nous accompagner dans la cathédrale. Après s'être muni d'une énorme clé ancienne, il nous devance jusqu'à la cathédrale dont il ouvre une porte latérale. Nous nous frayons un chemin au milieu des échafaudages, des gravats, des matériaux de toutes sortes qui jonchent le sol.

- Je vous emmène contempler le fameux Suaire d'Oviedo. Puis je pourrai répondre à toutes vos questions, intervient l'évêque.

Anne répond pour tous après avoir traduit :

- Merci Monseigneur.

L'évêque nous conduit vers la **Cámara Santa** de la cathédrale. Elle est constituée d'une pièce en rez-de-chaussée et d'une pièce en sous-sol. La crypte de Léocadie est édifiée au début du IXe siècle pour abriter les reliques ramenées de Tolède après la chute du royaume wisigoth.

Sur un autel nous contemplons ce linge taché, conservé dans une châsse de chêne recouverte d'argent et visible à travers un cristal.

- Quelles sont les **caractéristiques** de ce linge ? questionne Augustin.

L'évêque répond en montrant qu'il connaît très bien le sujet :

- Le Suaire d'Oviedo est une toile de lin filé à la main selon la torsion dite « en Z » avec une trame orthogonale. Il peut donc être daté du premier siècle.
- D'où viennent les taches sur ce linge ? intervient Jacques.
- Le linge comporte de nombreuses traces de sang. La formation de ces taches provient de l'utilisation de ce tissu pour essuyer le visage d'un homme après sa mort et avant sa mise au tombeau.
- Les taches laissées sur le linge ont-elles été analysées ? demande Augustin.
- La composition des taches, écoulées du nez et de la bouche, indique que l'homme est mort crucifié par asphyxie. On distingue sur le linge, de petits trous provoqués sans doute par des épines et des altérations superficielles de la surface du linge pouvant être dues à la présence de vinaigre. Le docteur Villalain, professeur de médecine légale à l'université de Valence, en Espagne, prouva que les taches de sang étaient du sang humain de groupe sanguin AB.
- Avez-vous des précisions complémentaires à nous apporter ? enchaîne Jacques.
- En 1979, Max Frei, identifie sur le Suaire les pollens de six plantes, trouvés également sur le Linceul de Turin, dont deux caractéristiques de la Palestine.

D'autres pollens, qui ne se retrouvent pas sur le Linceul, correspondent à des plantes de l'Afrique du Nord. Aucun pollen de plantes propres à la Turquie où à l'Europe n'est trouvé sur le Suaire, alors qu'ils sont abondants sur le Linceul. Ces données corroborent le parcours du Suaire entre Jérusalem et Oviedo par l'Afrique du Nord.

- Les données scientifiques confirment qu'il s'agit d'une authentique relique du premier siècle, demande Jacques.
- De mon point de vue, il n'y a pas de doute.
- Nous vous remercions beaucoup Monseigneur pour votre aide précieuse, répond Anne au nom de tous.

Ils sortent tous de la cathédrale, le cœur rempli de toutes ces nouvelles découvertes.

Dans la voiture Augustin est le premier à prendre la parole :

- Remarquons que l'homme du suaire d'Oviedo est de même groupe sanguin AB que l'homme de la Tunique d'Argenteuil.
- Ce groupe sanguin ne représente que 5% de la population mondiale, intervient Jeanne.
- Il s'agit sans doute du même homme, reprend Augustin. Il a été flagellé et a porté une croix selon la Tunique. Il est mort asphyxié, crucifié sur une croix selon le Suaire.

- La Tunique et le Suaire proviennent de Palestine selon les pollens trouvés sur ces linges, intervient Jacques. Les poussières minérales indiquent une région quasi désertique. De plus, sur la Tunique, les spores de rouille de graminée indiquent une période de mars/avril.

Ils sentent confusément que les étapes suivantes seront décisives pour arriver à la découverte ultime. Ils arrivent à Madrid dans la soirée. Manuel, le mari d'Anne, les attend. La soirée est festive. Mais le lendemain il faut se lever pour reprendre l'avion pour Paris…

5 Chef des chefs

Une nouvelle journée se lève avec l'adieu à l'Espagne et le bonjour à la France. Les temps des transports aérien et ferroviaire les amènent dans l'après-midi au Vésinet, au domicile d'Augustin.

Jacques ne veut pas perdre de temps, sachant qu'il est compté :

- Voici la cinquième étape, Jeanne peux-tu nous lire l'énigme de la clé correspondante ?

Jeanne après quelques secondes pour rechercher et ouvrir le bon fichier :

- L'énigme pour cette étape est : « **La clé est son nom** »

Jacques pensif :

- Donc si nous appliquons une certaine cohérence il faut lire : la clé est le nom de la relique de la quatrième étape. Ce nom est suaire ou soudarion en grec, l'écriture du nouveau testament.
- « **Suaire** », c'est bon le fichier s'ouvre.

Augustin faussement impressionné :

- Incroyable, vous devenez des experts en déchiffrage…
- Nous en sommes à déchiffrer le quatrain de la cinquième étape, ce ne sera peut-être pas aussi facile, indique Jacques.
- Déchiffrer avec des lettres et non avec des chiffres. Il faudrait presque dire « dé-lettrer » répond Augustin s'adaptant à l'humour de la famille.

- Oui mais pour trouver il ne faut pas être « dé-lettré » ni illettré, mais lettré au contraire.

Jeanne, avec un air de gronder tout en esquissant un sourire :

- Ce n'est pas un peu fini ces jeux de mots : « Jeux de maux, jeux de vilains »
- Avec tes « vilains » tu nous ramènes au moyen-âge, rebondit Augustin.
- Mais à notre âge nous pouvons aller de l'avant, poursuit Jeanne.
- Tu as raison, on fera les malins quand on aura trouvé le trésor, conclut Jacques.

Jacques lit alors le quatrain correspondant à la cinquième étape :

« Halo, il te couvre, de toutes tes erreurs,
va et le découvre, aux cadurques sans peurs.
Il est sainte tête, dont nous sommes le corps,
du diacre en-tête, suis le au son du cor. »

Il enchaîne trop content de partager ce qui lui vient à l'esprit :

- « Halo, il te couvre de toutes tes erreurs ». Jésus est le chef des hommes. Par son sacrifice il nous couvre de toutes nos erreurs. C'est-à-dire que son sang versé nous lave de nos péchés. « Il est sainte tête dont nous sommes le corps ». Le nouveau testament de la Bible nous dit que Jésus est la tête et que nous sommes le corps.

Après quelques secondes de silence, Augustin prend la parole :

- Oui, c'était les deux versets les plus faciles, mais que dire des deux autres ?

- « Va et le découvre », cela concerne Jésus, répond Jeanne.

Jacques récapitule avec son esprit de synthèse :

- Oui jusque là tout le monde suit. Il nous reste donc « aux cadurques sans peurs » qui est sans soute un lieu et « du diacre en-tête, suis le au son du cor »
- Cherchons sur internet le mot « cadurques », conseille Augustin.

Après avoir tapé sur son ordinateur et cherché quelques instants, Augustin s'écrit :

- Voilà, je vous lis : « Les Cadurques, peuple de Gaule qui a donné son nom au Quercy et en particulier à la ville de Cahors. »
- Le nom de cette ville a-t-il une signification ? interroge Jacques.

Augustin, après quelques recherches :

- Le nom de Cahors provient de l'expression latine : « Civitas Cadurcorum » qui signifie la cité des Cadurques.
- Cela correspond bien aux Cadurques, confirme Jacques.

Augustin reprend :

- Il y a une autre origine possible de Cahors : « Divona Cadurcorum », désignant la terre sacrée ou la cité religieuse des Cadurques.
- Voilà une belle percée, nous restons dans le domaine du religieux. Mais pourquoi le poème parle t-il des Cadurques « sans peurs » ? interroge Jacques.

Augustin répond :

- C’est sans doute la réputation du peuple des Cadurques ou des habitants de Cahors. Cherchons encore en tapant Cahors.

Après quelques instants de recherche sur internet, Augustin s’exclame :

- Connaissez-vous la devise de Cahors ?

Augustin marque une pause pour faire son effet en attendant que Jeanne et Jacques répondent :

- Non

Alors Augustin content de son effet :

- La devise de Cahors est : « Nous sommes de Cahors, nous n’avons pas peur. »
- Aucun doute possible, il s’agit bien de Cahors. s’exclame Jacques.
- Maintenant que nous connaissons la ville le plus difficile est fait, répond satisfait Augustin.
- Cahors est la préfecture du Lot, mais en plus, c’est le siège de l’évêché, intervient Jeanne souhaitant exister dans la recherche.
- Dans la ville, siège de l’évêché, il y a une cathédrale.

Augustin fait un accès internet et trouve :

- En effet il y a la cathédrale Saint-Étienne.

Jacques est le plus prompt :

- Tout s’explique. Saint-Étienne est le premier diacre. « Du diacre en-tête, suis le au son du cor. » Nous devons donc aller à la cathédrale Saint-Étienne de Cahors. Il nous faut préparer notre voyage de façon professionnelle maintenant. Je ne voudrais pas me retrouver à nouveau devant une porte close.

Jacques passe de nombreux coups de fils pour chercher qui est responsable de la Coiffe. Le responsable de la relique est d'habitude directement l'évêque du lieu, mais il peut désigner un clerc comme gardien d'une relique. Il semble que la relique soit désormais sous la responsabilité des services de l'État !

Jacques obtient finalement un rendez-vous pour le surlendemain avec Pierre, chargé culturel des services de l'état.

Le lendemain ils se mettent en route par l'autoroute A20. Il passe près d'Orléans, Châteauroux, Limoges. Dans cette dernière ville ils s'arrêtent pour la pause dans un self. Ils repartent dans l'après-midi, passant Brive-la-Gaillarde, pour atteindre Cahors vers 17H00. Ceci leur laisse bien du temps pour s'installer à l'hôtel et trouver ensuite un petit restaurant.

Le soir, tandis qu'ils sont attablés dans une auberge aux spécialités du Sud-ouest, Jacques intervient pour revenir à la quête :

- Nous voilà donc dans la place. Cahors, bien que ville très importante dans le passé et même universitaire, est aujourd'hui de taille raisonnable nous permettant de tout faire à pied. La cathédrale Saint-Étienne n'est pas loin.

Augustin :

- D'où vient le nom de la cathédrale ? interroge Augustin.
- Le nom de la cathédrale vient du premier diacre. Les douze apôtres voulaient se consacrer à la parole de Dieu. Ils demandèrent à l'assemblée des disciples de trouver sept hommes parmi eux de bonne réputation et remplis d'Esprit et de sagesse, pour le service de la table. Parmi eux, se trouvait Étienne qui devient le premier martyr par lapidation à cause de sa foi en Jésus.

Le lendemain nous retrouvons à 10h00 Pierre Valet, l'attaché culturel, devant la cathédrale. Ce dernier nous conduit par l'ancien cloître à la chapelle Saint Gaubert. Au milieu de la pièce sur un piédestal, un reliquaire doré et vitré permet de contempler la Coiffe…

Nous sommes très touchés de nous trouver devant ce tissu si petit, presque insignifiant, si on ne connaît pas son histoire. Rien n'est visible de l'extérieur. Le promeneur peut passer sur la place devant la cathédrale en ignorant ce qui s'y trouve.

Jacques s'affaire pour prendre les meilleurs clichés en vue de faire partager à ses proches l'histoire de la Coiffe de Cahors.

Après les photos, nous suivons l'attaché culturel à travers le cloître jusqu'à une petite pièce où nous pouvons nous asseoir autour d'une table.

Augustin intervient le premier en demandant à l'attaché :

- A quoi servait cette Coiffe ?
- La coiffe est un linge mortuaire utilisé par les Juifs pour coiffer la tête du mort au moment de la mise au tombeau. Ce linge sert aussi de mentonnière en maintenant le menton par le nouage des extrémités de la coiffe.

Augustin poursuit ses interrogations dans le domaine scientifique :

- Les caractéristiques scientifiques de la Coiffe sont-elles compatibles avec le premier siècle de notre ère ?
- La Coiffe présente les caractéristiques d'un bonnet Juif des premiers siècles. Elle est constituée de huit doubles appliqués l'un sur l'autre et cousus ensembles. Sa forme est antique et orientale, et sa matière est du fin lin d'Égypte.

- Quel est l'origine des taches sur le tissu, demande Jacques.
- L'image sur le tissu s'est formée au moment de l'ensevelissement de l'homme. Ses proches lui mirent la Coiffe pour maintenir le menton et donc la bouche fermée. C'est à ce moment là que la Coiffe fut marquée de traces de sang.
- Que peut-on dire scientifiquement des taches de sang visible sur la Coiffe, interroge Jacques.
- Une grande tache de sang est visible à l'intérieur de la Coiffe et perce à l'extérieur au niveau du bas de la joue droite. Une blessure est également visible au niveau de l'arcade sourcilière gauche.
- Y a-t-il d'autres traces sur la Coiffe ? s'enquiert Jacques.
- Deux taches de sang très proches se trouvent dans le bas de la nuque à gauche. De nombreuses empreintes de sang plus petites sont visibles. Toutes ces blessures correspondent à un supplice avec une couronne d'épines.

Jacques reprend, après avoir consulté d'un regard Jeanne et Augustin :

- Je crois que nous n'avons pas d'autres questions. Il nous reste à vous remercier pour cette visite.

Pierre Valet les raccompagne à la sortie de la cathédrale.

Jacques partage son point de vue avec Jeanne et Augustin :

- L'homme du suaire d'Oviedo et de même groupe sanguin AB que l'homme de la Tunique d'Argenteuil.
- Oui mais le groupe sanguin de la Coiffe ne nous est pas connu, réplique Augustin.
- Cependant reprend Jacques, s'il s'agit du même homme nous pouvons retracer ses dernières heures. Il a été frappé au visage comme l'atteste les blessures de l'arcade sourcilière et de la joue droite sur la Coiffe. Il a été flagellé sur tout le corps selon la Tunique. Il a reçu sur la tête une couronne d'épines visible sur la Coiffe. Il a porté sa croix comme l'atteste la Tunique d'Argenteuil. Il est mort par asphyxie au cours de sa crucifixion selon le Suaire d'Oviedo.
- Les pollens trouvés sur la Tunique et le Suaire confirment son séjour en Palestine, réplique Augustin. De plus, sur la Tunique, les spores de rouille de graminée indiquent une période de mars/avril ; et les poussières minérales indiquent une région quasi désertique.

Ils sortent tous de la cathédrale, le cœur rempli de toutes ces nouvelles découvertes.

Après cette rencontre, Jacques part fureter dans les bibliothèques de la ville. De leur côté, Jeanne et Augustin visitent la ville. Ils se donnent rendez-vous à l'hôtel pour l'heure du dîner.

Jacques, immergé dans son travail sur la Coiffe, s'aperçoit soudain qu'il est passé vingt heures de quinze minutes. Il descend précipitamment au salon de l'hôtel et retrouve Augustin qui l'attend :

- Jeanne n'est pas avec toi ?
- Non, nous avons visité Cahors ensembles puis elle m'a dit qu'elle avait quelques courses à faire et qu'elle nous retrouverait à l'hôtel.

Les minutes s'écoulent et progressivement l'inquiétude monte dans le cœur de Jacques et d'Augustin. Alors Jacques parle, davantage pour lui-même :

- Jeanne n'est pas dans sa chambre, j'y suis passé.
- Mais alors où est-elle ?

Jacques se dirige vers l'accueil ou une employée de l'hôtel se tient assise :

- Ma fille Jeanne Latour est-elle venue chercher la clé de sa chambre ?

L'employée vérifie avant de dire :

- Non, sa clé est toujours là.

Et l'employée enchaîne :

- Vous êtes bien Jacques Latour.

Jacques dont l'inquiétude se lit sur son visage :

- Oui
- Un garçon a amené cette lettre il y a quelques instants pour vous.

Jacques prend l'enveloppe et s'éloigne au salon rapidement suivi par Augustin. Habité d'un sombre pressentiment, Jacques déchire l'enveloppe ou se détache en caractères d'imprimerie son nom. Il ouvre la lettre, elle aussi tapée à l'ordinateur, et après l'avoir lue s'effondre dans un fauteuil.

Augustin, resté discrètement à l'écart, s'approche et tend la main en disant :

- Vous permettez ?

Jacques, ravagé intérieurement, lui donne la lettre :

- Bien sûr, excusez-moi.

Augustin lit la lettre :

« Cher Monsieur Latour,

Vous ne nous connaissez pas et vous n'avez pas besoin de nous connaître.

Vous ne nous connaissez pas, mais nous vous connaissons très bien.

Sachez qu'il nous insupporte que vous poursuiviez cette chimère, cette recherche stérile commanditée par un Vieillard sénile.

Vous connaissant bien, nous savons votre obstination au point de manquer de clairvoyance. Nous désirons vous aider à y voir clair. Maintenant que vous avez perdu votre femme, ne pensez-vous pas qu'il serait bon de vivre paisiblement près de votre fille ?

A ce propos, votre fille va très bien et elle ira d'autant mieux que vous vous occuperez de vos affaires. Si vous voulez la revoir vivante, ne mêlez surtout pas la police à nos affaires.

Elle vous sera rendue quand vous serez dans de meilleures dispositions. Mais il vous faudra garder à l'esprit que nous avons des moyens considérables qui nous permettent de réaliser ce que nous voulons.

Signé le Caméléon »

Augustin rend la lettre à Jacques et pose sa main sur son épaule :

- Nous n'allons pas nous laissez faire. Je comprends votre désarroi, sachez que je suis également très attaché à votre fille.
- Oui je le sais, et j'étais ravi que vous fussiez avec moi pour veiller sur elle.

Augustin, se tasse, comme écrasé par la charge de sa responsabilité :

- Oui, c'est vrai, j'ai failli…

Jacques ne relève pas, tout obnubilé par la disparition de sa fille :

- Que pouvons-nous faire, il faut prévenir la police !

À ce moment Jacques regrette sa parole hâtive en se rappelant que la menace est sérieuse et que la vie de sa fille est en cause.

Augustin répond sans faire de remarque :

- Je ne pense pas qu'il soit nécessaire pour l'instant de prévenir la police. Il faut que je vous dise quelque chose, mais vous le garderez pour vous. Je suis commando marine et je fais partie du groupe action des services spéciaux.

Jacques voit Augustin avec un nouveau regard :

- Incroyable.

Augustin poursuit :

- J'ai été envoyé pour des « interventions » dans plusieurs pays d'Afrique, au Liban et dans d'autres pays que je ne peux évoquer.
- Certains sont passionnés par une vie d'aventures...
- Mais pas comme vous pouvez le penser. Elle m'a laissé un goût amer, entre des temps de vie facile, et des temps moins avouables…

Jacques en revient à sa préoccupation :

- Pour ma fille ?
- Bien voilà, je vais tout vous avouer. J'aime beaucoup votre fille : sa fraîcheur, sa spontanéité, sa joie de vivre… Je n'ose vous l'avouer, n'y voyez pas de mauvaises intentions, mais j'avais peur pour votre fille après l'incendie de votre maison. J'ai posé un petit émetteur dans les chaussures de Jeanne.
- Incroyable !
- Je vais donc la géo-localiser et faire appel à des amis qui connaissent le terrain. Nous sommes très liés par des souvenirs communs… Vous resterez ici, si vous êtes d'accord, pour recevoir d'éventuels messages et pour donner le change.
- Faites attention pour ma fille Jeanne… et pour vous aussi.
- Je crois sincèrement que c'est la meilleure solution. Pour agir au mieux, j'ai besoin d'être seul. Je vais vous quitter pour ne pas perdre de temps et préparer mon intervention.
- Tenez-moi au courant si je peux faire quelque chose pour vous.

- Je vous tiens informé sur votre portable.

Augustin quitte Jacques avec émotion. Il rejoint sa chambre et appelle Léo le chimiste. Il a de la chance, Léo est là et décroche au bout de quatre sonneries. Ils savent d'instinct que leur conservation peut être écoutée et enregistrée.

- Bonsoir Léo, c'est Augustin, comment vas-tu ?
- Comme un rangé qui attend l'évènement, cultive son jardin et regarde le temps passer. Enfin je suis rudement content de t'entendre. Es-tu dans la région ?
- Je suis de passage à Cahors, et je pensais que l'on pourrait se retrouver pour faire une petite sortie ensemble avec un ou deux autres potes ce soir. Tu en connais dans le secteur...
- Oui.
- Je te retrouve dans environ deux heures chez toi.

Pendant ce temps, Jeanne se morfond enfermée dans une cave à seulement quelques kilomètres de là. Comment avait-elle pu être si naïve ? Elle aurait dû se méfier. Elle savait pourtant qu'il fallait être sur ses gardes. Trois à quatre heures auparavant, tout à son bonheur d'avoir passé du temps avec Augustin, elle n'avait pas fait suffisamment attention. Cet homme qui l'avait abordé près d'une camionnette avait pourtant l'air d'un pauvre touriste égaré. Elle n'avait rien vu, mais s'était sentie brusquement empoignée et poussée par deux hommes dans la camionnette tandis que le touriste ouvrait une grande ombrelle. La camionnette avait démarré lentement tandis que le touriste complice demeurait sur place. Dans la camionnette, ils lui avaient bandé les yeux et liés les mains dans le dos en attendant de l'enfermer dans la cave où elle se trouvait maintenant…

Augustin pense avec inquiétude à Jeanne. Il prend sa voiture et se place sur une colline autour de Cahors. Il fait un relevé goniométrique. Il refait la même opération deux fois et reporte les relevés sur une carte d'état major étendue sur le capot de voiture. Il tombe en plein sur une ferme isolée.

Augustin range son matériel et remonte en voiture. Il se dirige rapidement vers la maison de Léo située à une vingtaine de kilomètres.

Avec le bruit de son arrivée dans la cour, Léo et Fredo sortent de la maison. Ils sont tous les trois contents de se retrouver. Les fêtes où l'on brûle sa jeunesse, et les escapades où l'on risque sa vie les ont soudés.

Augustin informe ses anciens partenaires du groupe action de l'enlèvement de Jeanne et du théâtre des opérations. Ils mettent au point le scénario de l'action à entreprendre en attendant l'heure propice pour déclencher l'opération. À deux heures du matin, ils chargent le matériel dans la voiture. Fredo prend le volant et se dirige avec ses deux amis vers la ferme identifiée par Augustin.

Ils laissent la voiture dans un chemin forestier repéré sur les cartes d'état-major. Ils se chargent du matériel et continuent à travers les taillis les cinq cent mètres qui les séparent de la ferme. Dans les derniers fourrés, situés à une cinquantaine de mètres de la maison, Augustin fait un repérage aux jumelles infrarouges.

- Il est 3h00, tout à l'air calme, il n'y a qu'un petit éclairage dans le sous-sol, équipons-nous.

Les trois comparses se teintent le visage et les mains de couleur sombre. Ils mettent un gilet pare-balles, une combinaison noire, une cagoule noire et des lunettes infrarouges. Ainsi équipés, ils se déploient en avançant lentement vers la maison.

En avançant ils repèrent trois personnes allongées à l'étage de la maison et deux personnes dans le sous-sol, une allongée et une assise. Ils en déduisent que Jeanne est au sous-sol avec un geôlier et que les trois autres ravisseurs dorment à l'étage. Augustin fait signe à Léo et à Fredo que les trois de l'étage sont pour eux et que lui se chargera de celui du bas.

Arrivés à la maison, ils repèrent la fenêtre du rez-de-chaussée la plus éloignée du seul individu assis au sous-sol. Augustin et Léo surveillent les individus à l'aide de leurs lunettes infrarouges. Fredo sort une lame d'acier enveloppée d'un tissu. Il la glisse entre des lamelles du volet, soulève le loquet et l'ouvre délicatement. Puis il colle une ventouse sur la vitre de la fenêtre et découpe au diamant un rond de verre. Ses gestes sont précis, rapide. Il passe son bras et ouvre la fenêtre en manœuvrant la poignée de la crémone.

Fredo fait signe à Augustin et Léo. Ils s'approchent en faisant un signe pour indiquer que tout est OK. Les trois comparses entrent par la fenêtre puis ouvrent délicatement la porte de la pièce qui mène dans le couloir, au pied de l'escalier.

Augustin fait signe à Fredo et Léo de monter tandis qu'il se positionne près de l'escalier du sous-sol près à bondir.

Fredo et Léo monte en évitant de faire craquer le bois. Arrivés en haut ils repèrent, avec leurs lunettes, les trois individus toujours allongés occupant les trois chambres. Fredo se met en défensive devant deux chambres, tandis que Léo glisse un tube plat sous la porte de la troisième chambre. Léo ouvre alors une petite bouteille de gaz contenant un puissant soporifique tout en fixant sa montre pour chronométrer. Léo recommence la même opération pour les deux autres chambres. Fredo et Léo redescendent ensuite, et rejoignent Augustin toujours sur le pied de guerre.

Augustin fait alors signe à Fredo de ressortir et de jeter une grenade assourdissante et une grenade aveuglante à travers le soupirail. Augustin et Léo attendent quelques secondes puis dès qu'ils entendent le bruit des grenades ils foncent par la porte du sous-sol. Ils visent l'homme de forte stature qui s'est levé, à moitié sonné, et tirent chacun une seringue à forte dose de somnifère. Le colosse s'écroule presque instantanément sans avoir opposé dc résistance.

Après avoir lancé ses deux grenades, Fredo arrive en renfort de ses deux camarades au sous-sol.

Augustin ouvre alors les verrous de la deuxième porte du sous-sol et s'écrit :

- Jeanne, Jeanne c'est moi, tout va bien.

Jeanne ne s'était pas endormie. Elle retournait la situation dans tous les sens. Elle échafaudait des plans d'évasion, mais se sentait aussitôt bien désarmée, face à quatre hommes si déterminés. Son cœur battait la chamade, mais elle espérait que son père donnerait l'alerte et qu'on la rechercherait. Son esprit romanesque lui permettait même d'imaginer Augustin venant la tirer de cette situation périlleuse.

Et voilà qu'il vient et qu'il est présent. Elle se lève précipitamment et vient se blottir dans ses bras :

- Augustin, merci, je n'en reviens pas. J'ai eu tellement peur.
- Et moi donc. Quand j'ai appris ton enlèvement c'est comme si le monde s'effondrait…
- Merci d'être venu si vite. Je n'osais espérer un dénouement aussi rapide.
- Excuse moi Jeanne mais nous n'avons pas le temps de nous épancher, il faut terminer le travail.

Augustin enchaîne en s'adressant à Léo et Fredo :

- Il faut évacuer. Ramassez nos deux seringues et vérifiez que vous n'avez laissé aucune trace.

Ils ressortent à quatre par la même fenêtre, et avancent rapidement vers la voiture. Le véhicule de Fredo démarre. La pression se relâche à ce moment.

Augustin est le premier à reprendre la parole :

- OK mission accomplie, merci les gars.

Fredo :

- Ce fut un plaisir d'aider un pote.

Léo :

- Cela nous a rappelé toute notre jeunesse !

Augustin, en tendant son portable à Jeanne :

- Il faut que tu appelles ton père pour le rassurer. Préviens-le que nous serons là à

8h00. Tes kidnappeurs devraient encore faire un bon somme !

Jacques attend dans sa chambre d'hôtel sans pouvoir dormir. Il essaie de prier au milieu de ses angoisses : « Mon Dieu vient au secours de ma fille, protège-la, entend la détresse d'un père ». La sonnerie du téléphone le sort de sa prière. Non sans appréhension, il décroche. En entendant la voix de Jeanne, il ne sait que dire, tant il est submergé de joie et débordé d'émotion...

Arrivé au domicile de Léo, Jeanne demande à se reposer dans une chambre. Léo sort une bouteille de Chartreuse verte. Deux ou trois verres les remettent d'aplomb prêt à partir au pays des rêves.

Le « lendemain », c'est-à-dire moins de trois heures plus tard, Jeanne et Augustin rejoignent Jacques à l'hôtel. Ils décident de quitter rapidement Cahors en voiture. Moins de six heures plus tard, ils entrent dans Paris. Augustin se gare sur un parking près de la gare de l'Est. Il descend de voiture et prend une petite valise du coffre. Avec un petit appareil, il inspecte tous leurs effets y compris les chaussures et les téléphones. Soudain il jubile en ouvrant le téléphone portable de Jacques :

- Voilà le petit émetteur que je cherche, maintenant nous allons être plus tranquilles.

Jacques comprend que ce petit émetteur, placé dans son portable, permet de le localiser en permanence :

- Vous allez le détruire ?

- Non, non, nous allons lui offrir un petit voyage. Je reviens dans quelques minutes.

Mais le temps s'étend en longueur au point qu'ils commencent à s'inquiéter. Enfin presque une heure plus tard Augustin est de retour rayonnant :

- Excusez-moi, j'ai été plus long que prévu, mais cela en valait la peine !
- Nous commencions à devenir soucieux s'exclame Jeanne.

Augustin sourit à la remarque de Jeanne et poursuit :

- Extraordinaire ! J'ai trouvé des touristes qui partent à Moscou, et qui ensuite prennent le transsibérien pour Vladivostok. Je leur ai collé l'émetteur à leur insu. Nos poursuivants peuvent toujours courir, ils ne sont pas prêts de revenir !
- Nous leur avons joué un bon tour, partage Jacques

Tous trois rient franchement de leur bonne farce.

Pendant ce temps….

Ce matin là, Léon Camé appelle Natas :

- Nous avons enlevé la fille de Jacques pour qu'il reste tranquille.
- Je n'aime pas beaucoup ces solutions brutales. Je préfère que vous travailliez sur la base de la désinformation.
- J'ai pensé faire pour le mieux, comment aurai-je pu faire ?
- Tu aurais pu essayer de détruire les objets qui nous font du tord ou travailler à les faire passer pour des faux et les laisser tomber dans l'oubli.
- Comment cela ? interroge Léon Camé.
- Je me suis efforcé avec le temps d'effacer cet objet de la mémoire des hommes ou même de le supprimer physiquement. La première étape a été d'éloigner la Coiffe de Jérusalem, lieu des évènements. Avec les guerres de religion elle a failli disparaître grâce à l'appât du gain. Depuis 1960 et la suppression des obtentions, elle disparaît de l'esprit des cadurciens, un peu comme Dieu lui-même…
- Oui, vous avez raison, souligne Léon Camé, ne voulant à aucun prix contrarier Natas.
- Oui, j'ai raison. Je travaille dans l'ombre, masqué. Mais toi tu prends des risques de nous faire découvrir, de faire de nouveaux martyrs de la foi. Nous savons ce qu'ils nous ont coûtés !
- Excusez-moi, Monseigneur, j'ai pris une mauvaise initiative.

- Mauvaise et inutile, car la fille de Jacques a été libérée, souligne Natas.

Léon Camé reste sans voix et Natas poursuit :

- Tu ne sais pas grand-chose mon pauvre Léon.

Léon Camé contrit :

- Non !
- Regarde plutôt l'efficacité du travail effectué en manipulant ces hommes. Ils sont souvent plus prompts à m'écouter moi plus que tout autre. J'ai distillé dans la culture mondiale la mort de Dieu, prémices de la mort de l'homme. Pour les récalcitrants j'ai insinué un Dieu cosmique sans relation possible avec l'homme. Un Dieu impersonnel.
- Oui, mais il s'en trouve encore quelques uns qui savent que Jésus est un personnage historique, ose souligner Léon.
- Pour ceux là, il fallait limiter Jésus au visible, à sa dimension humaine.
- Et ça a marché ? demande Léon faussement interrogatif.
- Pour beaucoup d'entre-eux, et de bonne foi si je peux dire, Jésus n'est pas Dieu. Pour les témoins de Jéhovah, Jésus est un archange. Pour les adeptes de Shri Mataji, Jésus n'est que le sixième prophète important, Shri Mataji étant elle-même le septième prophète. Pour la secte Moon, appelé « Association de l'Esprit Saint pour l'unification du christianisme mondial », Moon est le nouveau Messie.

- Vous êtes très cultivé patron !
- Oui, et essaie maintenant de tenir compte de mes remarques.

6 Photo d'un mort

Quelques jours plus tard, Jeanne et Jacques, bien qu'encore marqués par les derniers évènements, se retrouvent avec le père Gabriel Thomé chez Augustin, pour se remettre à leurs recherches.

Augustin est désormais pris par la soif de découverte du mystère :

- Oui, dépêchons de trouver l'énigme de la sixième étape.
- Je vous lis l'énigme de la clé de la sixième étape : « **La clé est son nom** » indique Jeanne.

Augustin ne voulant pas être en reste :

- Tu peux essayer bonnet, coiffe, mentonnière, propose Augustin.

Jeanne après quelques minutes d'essais :

- Aucun mot ne marche.

Jacques est dépassé par la rapidité des jeunes mais intervient en réfléchissant tout haut :

- Voyons si bonnet, coiffe, mentonnière ne marche pas, pour moi cela devient de l'hébreu.

Augustin rebondissant sur l'intervention de Jacques :

- De l'hébreu, tu as bien dit de l'hébreu ?

Augustin se tourne alors vers Jeanne :

- La coiffe ou mentonnière était utilisée par les juifs. Jeanne, regarde sur internet pour traduire ces mots.

Jeanne prend de trop nombreuses minutes pour tous et exaspérée finit par dire :

- Je ne trouve pas, je n'ai aucune réponse.

Augustin toujours dynamique et persévérant :

- Voyons, Jeanne peux-tu rechercher sur internet « Sainte Coiffe de Cahors ».
- Sur « Wikipédia.Org », je trouve : « **La Sainte Coiffe de Cahors** est un linge mortuaire (pathil en hébreu) utilisé pour l'ensevelissement de Jésus-Christ. »

Augustin qui poursuit son idée :

- Essaie avec « **Pathil** »

Jeanne toute de joie :

- « Euréka », le fichier s'ouvre. « Fichtre », je ne peux vous lire la strophe du problème proposé pour la sixième étape, c'est codé.

Ils regardent tous par derrière Jeanne l'écran qui affiche :

« QZKAKOAMGBKMZGUPFGALBKAAQFRKZGOMJ KFM
KLJFKLMJBFOBLPFGBQJOQAOPZIMLJKFM
JPKZGGBQFMBQLBODMQFMQTLBKABIZMBQKLL POM
AMAHKAEKJOMAJMQFMQTAMRKFMZGHMAPOM A

« La beauté sauvera le monde »

Ils restent tous interdits par le texte vu.

Jacques est le premier à revenir de sa surprise :

- « La beauté sauvera le monde » sont quelques mots énigmatiques que laissa un jour tomber le grand écrivain Russe Fédor Dostoïevski.
- Oui mais quel rapport avec le texte codé ? interroge Augustin.
- Et si la beauté avait déjà sauvée le monde ? intervient le père.

Le père poursuit après avoir laissé quelques secondes :

- Le psalmiste nous parle du plus beau des enfants des hommes. S'agit-il du Messie d'Israël ? Psaume 45, 3 : « **Tu es le plus beau des enfants des hommes, la grâce est répandue sur tes lèvres ; oui Dieu t'a béni pour toujours** ! »
- Toujours des histoires de curé mais cela ne nous permet pas de déchiffrer le message, intervient Augustin.
- Tu es un spécialiste du déchiffrage et nous comptons sur toi, intervient Jeanne.
- La difficulté de ce texte est qu'il n'y a pas apparemment de coupure entre les mots. La coupure entre les mots permet de détecter les mots très courts d'une lettre comme a ou à, de deux ou trois lettres comme les articles, pronoms, conjonctions de coordination…
- Pouvez-vous nous aider ? interroge Jacques.
- Je vais essayer, laissez-moi le temps d'y réfléchir.

Deux heures plus tard Augustin, les rejoint pour partager l'état d'avancement de ses recherches :

- J'ai commencé mes recherches en me basant sur la fréquence d'apparitions des caractères. Le problème est que selon la langue cette fréquence d'apparitions varie.
- Il existe des centaines de langues, sans compter les dialectes, intervient Jacques.
- La difficulté est de déterminer en quelle langue le texte est écrit. Nous pouvons nous baser sur le français qui représente la langue des strophes des cinq premières étapes. En français les dix caractères les plus fréquents sont dans l'ordre E, A, S, I, T, N, R, U, L, O. La difficulté est que l'utilisation de la fréquence d'utilisation des caractères ne prend tout son sens que pour les grands nombres. Ici nous avons 138 caractères, là où il faudrait 100.000 caractères.
- Mais tu as essayé quand même s'impatiente Jeanne.
- Bien sûr, voilà le tableau de transposition des caractères du message avec les lettres en français selon la fréquence d'apparitions. Un des problèmes est que des lettres ont la même fréquence d'utilisation dans le message. C'est le cas de B – F – Q, de G – J – L, de H – I – R – T, de E - U. Ceci est bien sûr une conséquence du petit nombre de caractères du message qui ne permet pas de discriminer sur la fréquence d'utilisation de tous les caractères.

- Donc la transposition est complexe à faire et ne sera pas forcément probante, indique Jacques.
- Tout à fait d’autant que dans le message des écarts entre fréquence d’utilisation des caractères ne sont parfois que de 1. Enfin voilà ce que cela donne en remplaçant respectivement M, K, A par E, A, S.

Transposition par fréquence de lettres			
Lettre	Fréquence d'utilisation en français	Lettre du message	Occur-rence
E	16,95	M	20
A	8,14	K	15
S	7,97	A	14
I	7,60	B, ou F, ou Q	11
T	7,26	B, ou F, ou Q	11
N	7,11	B, ou F, ou Q	11
R	6,57	O	9
U	6,38	G, ou J, ou L	8
L	5,47	G, ou J, ou L	8
O	5,41	G, ou J, ou L	8
D	3,68	Z	7
C	3,35	P	6
P	3,03	H, I, R, T	2
M	2,97	H, I, R, T	2
V	1,63	H, I, R, T	2
Q	1,37	H, I, R, T	2
F	1,07	E, ou U	1
B	0,90	E, ou U	1
G	0,87		
H	0,74		
J	0,55		
X	0,39		
Y	0,31		
Z	0,14		
W	0,11		
K	0,05		

Augustin montre le résultat obtenu par le remplacement de M, K, A respectivement par E, A, S.

- Comme vous le voyez nous ne trouvons rien de probant.
- Effectivement, même si ce n'est pas de l'hébreu cela reste hermétique pour nous.

QZASAOSEGBAEZGUPFGSLBASSQFRAZGOEAFE
ALJFALEJBFOBLPFGBQJOQSOPZIELJAFE
JPAZGGBQFEBQLBODEQFEQTLBASBIZEBQALLPO
E
SESHASEAJOESJEQFEQTSERAFEZGHESPOES.

- Face à cette impasse, je suis reparti du texte. Le texte est codé, mais l'auteur a mis une phrase non codé, pourquoi ?
- A la réflexion je me suis dit que cette phrase « la beauté sauvera le monde » devait servir au décodage

QZKAKOAMGBKMZGUPFGALBKAAQFRKZGOMJK
FM
KLJFKLMJBFOBLPFGBQJOQAOPZIMLJKFM
JPKZGGBQFMBQLBODMQFMQTLBKABIZMBQKLL
POM
AMAHKAEKJOMAJMQFMQTAMRKFMZGHMAPOM
A

« La beauté sauvera le monde »

Augustin poursuit face à un auditoire attentif :

- Où est cette beauté à part ce que dit le père Thomé s'agissant de Jésus, le messie d'Israël ? Cette phrase s'adresse à tous et pas seulement au croyant. La beauté doit se déceler dans la création par son harmonie, signe visible de l'invisible.

- Oui mais quelle relation entre l'harmonie du monde et le décodage d'un texte ? interroge Jacques.
- J'y viens, mais pour cela il nous faut aborder la série mathématique de Fibonacci pour comprendre. Cette série consiste à dire que le premier élément est U1= 1 puis que Un = Un-1 + Un-2. Ce qui donne la série : 1, 1, 2, 3, 5, 8, 13, 21, 34, 55, 89… Ce qui est remarquable dans cette série c'est que le rapport Un/Un-1 tend vers une valeur limite k = 1,618… quand n tend vers l'infini.
- Mais quel rapport avec la beauté et l'harmonie du monde, demande Jeanne ?
- Ce qui est étonnant c'est que les premiers nombres de la série de Fibonacci se rencontrent dans la nature. L'angle de deux feuilles successives sur une tige est le rapport de deux nombres successifs de la suite de Fibonacci ; cet angle permet l'ensoleillement maximum. Le nombre des pétales des fleurs est 3, 5, 8 13, 21, 34 ou 55. Les séries de spirales du cœur des tournesols s'enroulent dans un sens et dans l'autre ; et leurs nombres est en général 21 et 34, 34 et 55, 55 et 89, 89 et 144. Les spirales des pommes de pin sont de 5 et 8, ou 8 et 13. Le nombre de diagonales d'un ananas est de 8 et 13. Les animaux utilisent également cette série pour leur carapace sur le principe d'une spirale logarithmique ou spirale de Bernoulli.
- Mais pourquoi cette série plutôt qu'une autre, questionne Jacques ?

- Cela s'explique par la recherche de la meilleure efficacité dans le processus de croissance.

Le père Thomé intervient alors :

- Mais comment passer de la beauté au décodage, y a-t-il une liaison avec la série de Fibonacci.
- L'harmonie de la nature est liée en partie à cette série. Les peintres utilisent le nombre k appelé d'ailleurs la divine proportion. Je me suis donc dit que la série était à mettre en parallèle des 26 lettres de l'alphabet.
- Mais la série ne marche pas car elle commence par les chiffres 1, 1, 2 indique Jacques. Cela voudrait dire que le A devient A, B devient A, C devient B.
- Le père nous a parlé du Messie Jésus comme étant le plus beau des enfants des hommes. Le Fils, qui s'incarne en Jésus, est la seconde personne de la trinité, donc j'ai démarré à 2. Dans ce cas le A devient la seconde lettre B, le B associé à 3 devient C, le C associé à 5 devient E et ainsi de suite. Le problème est que le système coince avec G associé à 34, car en reprenant après 26 le début de l'alphabet (34-26=8), nous tombons sur la lettre H (34-26) déjà utilisée.
- Mais tu as déjà traduit pour ces 6 premières lettres ? demande Jacques.
- Oui, et voilà ce que cela donne :

Caractères origine			Caractères message
A	1	2	B
B	2	3	C
C	3	5	E
D	4	8	H
E	5	13	M
F	6	21	U
G	7	34	
H	8	55	
I	9	89	
J	10	144	
K	11	233	
L	12	377	
M	13	610	
N	14	987	
O	15	1597	
P	16	2584	
Q	17	4181	
R	18	6765	
S	19	10946	
T	20	17711	
U	21	28657	
V	22	46368	
W	23	75025	
X	24	121393	
Y	25	196418	
Z	26	317811	

- Les lettres changées sont surlignées grises.

Message avant modification :

QZKAKOAMGBKMZGUPFGALBKAAQFRKZGOMJK
FM
KLJFKLMJBFOBLPFGBQJOQAOPZIMLJKFM
JPKZGGBQFMBQLBODMQFMQTLBKABIZMBQKLL
POM
AMAHKAEKJOMAJMQFMQTAMRKFMZGHMAPOM
A

Message après modification:
QZKAKOAEGAKEZGFPFGALAKAAQFRKZGOEJKF
E
KLJFKLEJAFOALPFGAQJOQAOPZIELJKFE
JPKZGGAQFEAQLAODEQFEQXLAKAAGZEAQKLLP
OE
AEADKACKJOEAJEQFEQXAERKFEZIDEAPOEA

- Cela reste pour nous de l’hébreu, reprend Jacques.
- Oui, malheureusement je n’en suis que là pour le moment, soupire Augustin. Mais, je vais poursuivre mes recherches et je vous contacte dès que j’ai du nouveau.

Boris et ses hommes ont suivi en voiture l'équipée de Jeanne, Jacques et Augustin. Ils remontent donc jusqu'à Paris et se dirigent vers la gare Paris-Est.

Avec l'heure de départ du mouchard de la gare et les horaires de train, ils comprennent que leurs proies sont parties pour Moscou. Les voilà donc dans un train pour Moscou :

- Pourquoi sont-ils partis pour Moscou ? interroge un comparse.
- Après Cahors je ne sais pas, réponds Boris. Il est vrai que la Russie a beaucoup de reliques et que les orthodoxes en sont friands.
- Mais pourquoi la piste les renverrait-elle vers la Russie alors que la première étape était l'icône de la Trinité de Roublev ?
- Arrête de poser des questions s'emporte Boris…

Ils arrivent ainsi à Moscou. En faisant le point ils se rendent compte que le mouchard est toujours dans la gare. Ils le localisent dans le transsibérien. S'apercevant que celui-ci est sur le départ, ils y montent précipitamment.

Tandis qu'ils parcourent les voitures pour vérifier la présence de Jacques, le portable du chef retentit :

- Oui, Boris j'écoute.
- Ici qui tu sais, je te préviens à toute fin utile qu'ils ont repris contact avec moi et qu'ils sont en région parisienne.
- Non, ils nous ont piégés !
- Heureusement que je suis dans la place.

- Merci pour l'information, nous sommes dans le transsibérien !

Par acquis de conscience, Boris continue de parcourir le train pour arriver au lieu de l'émetteur. Il constate qu'il s'est effectivement fait avoir...

A l'autre extrémité de l'Europe, Augustin demande au père Thomé de venir les rejoindre à son domicile. Ils se retrouvent tous les quatre au domicile d'Augustin.

Augustin explique qu'il a passé la soirée à chercher. Aux premières heures il a trouvé ce qui lui a permis un sommeil serein et réparateur :

- Pour compléter le tableau de transcription des lettres je suis parti de G dont la correspondance avec la série est 34. L'alphabet ne comprend que 26 lettres. Mais en repartant de A pour 27, la trente-quatrième lettre est H. La lettre H est déjà prise par D qui se transforme en H. J'ai pris la première lettre libre suivante I. Donc G se transforme en I, première lettre libre à partir de 34. Sur le même principe j'ai transposé l'ensemble des lettres restantes de l'alphabet, ce qui m'a donné le tableau suivant.

					Mes s
A	**1**	**27**	**2**		**B**
B	**2**	**28**	**3**		**C**
C	**3**	**29**	**5**		**E**
D	**4**	**30**	**8**		**H**
E	**5**	**31**	**13**		**M**
F	**6**	**32**	**21**		**U**
G	**7**	**33**	**34**	**8**	**I**
H	**8**	**34**	**55**	**3**	**D**
I	**9**	**35**	**89**	**11**	**K**
J	**10**	**36**	**144**	**14**	**N**
K	**11**	**37**	**233**	**25**	**Y**

L	12	38	377	13	O
M	13	39	610	12	L
N	14	40	987	25	Z
O	15	41	1597	11	P
P	16	42	2584	10	J
Q	17	43	4181	21	V
R	18	44	6765	5	F
S	19	45	10946	0	A
T	20	46	17711	5	G
U	21	47	28657	5	Q
V	22	48	46368	10	R
W	23	49	75025	15	S
X	24	50	121393	25	T
Y	25	51	196418	14	W
Z	26	52	317811	13	X

- Je suis reparti de la première modification des lettres B, C, E H, M, U, annonce Augustin.

**QZKAKOAEGAKEZGFPFGALAKAAQFRKZGOEJKF
E
KLJFKLEJAFOALPFGAQJOQAOPZIELJKFE
JPKZGGAQFEAQLAODEQFEQXLAKAAGZEAQKLLP
OE
AEADKACKJOEAJEQFEQXAERKFEZIDEAPOEA**

- La transposition réalisée donne :

**UNISILSETAIENTFORTSMAISSURVINTLEPIRE
IMPRIMEPARLAMORTAUPLUSLONGEMPIRE
POINTTAUREAUMALHEUREUXMAISAGNEAUIMMO
LE
SESDISCIPLESPEUREUXSEVIRENTDESOLES**

- Il ne reste plus qu'à mettre les césures entre les mots pour obtenir :

Unis ils étaient forts, mais survint le pire,
imprimé par la mort, au plus long empire.
Point taureau malheureux, mais agneau immolé,
ses disciples peureux, se virent désolés.

Ils sont tous contents et médusés mais Jeanne est la première à s'exprimer :

- Bravo Augustin, nous avons bien fait de t'intégrer à l'équipe !

Jeanne est toute de joie :

- Enfin, nous avons le quatrain du problème proposé pour la sixième étape.

Jacques est le premier à partager son point de vue :

- « Unis ils étaient forts… ». Il s'agit des apôtres et de Jésus. Les apôtres ont vu Jésus faire de nombreux miracles. Beaucoup pensaient que Jésus allaient libérer Israël du joug romain. « …..mais survint le pire ». Le pire pour les apôtres c'est la mort de Jésus. Celui en qui ils avaient mis toute leur confiance est mort après avoir vécu sa passion.

Jeanne poursuit la réflexion :

- Oui et tu as le dernier verset : « Ses disciples peureux se virent désolés ». Après l'arrestation de Jésus, les apôtres ont peur. Pierre renie le Christ trois fois, avant que le coq ne chante deux fois, comme le lui avait prédit Jésus. C'est dire combien Pierre devait être en détresse et pleurer amèrement après la mort de Jésus. Les autres apôtres craignent également pour leur vie. Seul Jean accompagne Jésus jusqu'au pied de la croix.

Son père lui répond :

- Oui mais il est plus difficile de comprendre les deux autres versets : « …imprimé par la mort, au plus long empire. » et « Point taureau malheureux, mais agneau immolé... ». À part l'agneau immolé qui représente Jésus.

Augustin ne veut pas être en reste :

- « Imprimé par la mort, au plus long empire. » signifie que l'objet que l'on cherche a été imprimé par la mort de Jésus.

Le visage de Jacques s'épanouit encore, mais il se retient voulant laisser Augustin faire son propre cheminement et il dit :

- « Imprimé » par la mort peut être un Linceul et « au plus long empire » peut être un lieu spatial et non temporel. En effet il n'est pas dit « durant » mais « au ».
- Cela peut avoir une double signification spatiale et temporelle, précise Augustin.

Jacques essayant de se montrer en recherche alors qu'il a déjà compris :

- Donc l'objet est sans doute une sorte de Linceul qui se situe à Rome ou proche de Rome ou dans l'ancien empire romain.
- Oui, c'est un peu vaste, reconnaît Augustin.

Jacques éclate de rire à la surprise générale, il n'en peut plus.

Jeanne interloqué s'exclame :

- Qu'est-ce qui t'arrives ?

- J'ai trouvé. J'ai trouvé le sens de « au plus long empire » et de « Point taureau malheureux. »
- Ah oui ! dit Augustin surpris.

Jacques s'explique :

- Le plus long empire, c'est l'empire Romain. De toute l'histoire de l'humanité, c'est l'empire romain qui a duré le plus longtemps. C'est Rome et aujourd'hui c'est devenu l'Italie.
- Et où faut-il chercher dans l'ancien empire Romain la sixième étape ? interroge Augustin dubitatif.
- La réponse est liée au mot taureau. Mais regarde à la ville de Turin sur internet.

Augustin tape sur son ordinateur, prend quelques instants pour rechercher les sites parlant de la ville de Turin et enfin dit :

- Turin en italien « Torino » est fondée à l'époque romaine par Auguste sous le nom d'Augusta Taurinorum. Le blason municipal comporte un taureau doré.
- Turin fut la capitale des états de Savoie qui possédait le Linceul, indique Jacques. L'agneau immolé a supplanté le veau d'or, ce qui explique le troisième verset.

Augustin montre sa satisfaction :

- Nous voilà donc fixé sur le pays et la ville où nous devons nous rendre.
- Et en plus tu vas rire Augustin, nous avons un neveu qui a vécu plusieurs années en Italie, indique malicieusement Jacques.
- Et qu'y faisait-il ? interroge Augustin.

- Mon neveu, Jean-Michel, se préparait à la prêtrise. Il a fait son séminaire à Rome.
- Et il est toujours à Rome ?
- Non il est en France, en région parisienne. Mais ses études au séminaire étaient en italien. Il pourra peut-être nous aider.

Augustin en s'adressant à Jacques :

- C'est bizarre, mon père va en en Russie, et l'enfant de ses amis est moine orthodoxe en Russie. Nous allons en Espagne, vous avez une nièce en Espagne. Nous allons en Italie, vous avez un neveu qui a séjourné plusieurs années en Italie. Avez-vous un parent dans chaque pays du monde ?
- A ma connaissance, je n'ai pas de relations dans d'autres pays du monde.
- C'est d'autant plus bizarre.
- C'est la providence.....

Leur conversation s'arrête là. Augustin se dit que parfois les mots sont pratiques. Un seul mot ajusté a le pouvoir de stopper net un échange.

Jacques appelle son neveu le père Jean-Michel. Il apprend qu'il a un ami de séminaire prêtre à la cathédrale Saint Jean-Baptiste de Turin…

Ils décollent de l'aéroport Charles de Gaulle à 10h45 comme prévu. À midi ils atterrissent à l'aéroport de Turin.

Après s'être restaurés rapidement, ils arrivent vers 14h00 dans la cathédrale et Jacques se présente au prêtre se trouvant dans le chœur.

- Bonjour…
- Oui, c'est bien moi. J'ai bien reçu le courriel de votre neveu Jean-Michel m'annonçant votre venue. Bonjour et bienvenue dans notre cathédrale « di San Giovanni Battista ». Elle date de la fin du XVe siècle, construite juste après le campanile qui date de 1470.
- Bonjour, je suis Augustin, néophyte, chargé de jouer les candides. Qui était Jean-Baptiste ?
- Jean-Baptiste est le cousin de Jésus, c'est aussi un prophète, le dernier des prophètes. Il est venu annoncer et présenter Jésus.

Jacques intervient pour en venir au sujet de leur visite :

- Nous sommes venus pour voir le Linceul de Turin.
- Le linceul n'est visible que lors des ostensions organisées périodiquement par le Vatican, propriétaire du linceul. La dernière a eu lieu en avril et mai 2010.

Jacques quelque peu désemparé :

- Nous sommes venus pour rien ?
- Non, car je vous emmène sous l'église pour voir des objets relatifs au Linceul et un film sur le sujet.

Nous suivons le Padre pour la visite libre. Il prend son temps avec nous, puis nous dit :

- Si vous le souhaitez nous pouvons prendre un temps de recueillement dans la chapelle du Saint Linceul car une reproduction s'y trouve.

Nous suivons le Padre et après avoir passé une quinzaine de minutes en contemplation, le Padre nous propose de le suivre à la sacristie pour poser toutes les questions que nous souhaitons.

Augustin se montre le plus impatient :

- A quoi sert le Linceul ?
- Le linceul est un linge mortuaire utilisé pour envelopper le corps du mort chez les Juifs, au moment de la mise au tombeau.

Augustin est toujours très intéressé par les questions scientifiques :

- Les caractéristiques de ce linge confirment-elles sa datation au premier sièclc ?
- Le Linceul est un linge mesurant 8 x 2 coudées juives selon la métrologie antique. Il est constitué de deux morceaux. Au premier morceau est ajoutée une bande avec un point de couture antique. Le drap du Linceul est du lin tissé en chevron. Le Linceul a été filé à la main avec une trame en arêtes de poisson. Il correspond à un tissu antique d'excellente qualité, fabriqué sur un métier à tisser à 4 pédales utilisé au Moyen-Orient dans l'antiquité. Le lin a été blanchi après son tissage, probablement par immersion dans un

bain réducteur. Cette technique a été abandonnée à partir du VIIIe siècle au profit d'un blanchiment avant tissage. Toutes ces informations nous permettent de conclure qu'il date bien du premier siècle.

Augustin poursuit ses questions :

- Quelle sont les caractéristiques de l'image ?

Le père s'emballe alors et exalté, il s'écrit :

- Elles sont uniques au monde ! Il est impossible de reproduire l'image. C'est un négatif magnétique. La bande d'enregistrement présente une inversion chromatique parfaite, et non l'inversion de position propre à un négatif photographique. C'est de plus une image à deux dimensions contenant des informations en trois dimensions. L'image sur le Linceul est un « relief » magnétique. Les secteurs du corps touchant le tissu sont plus foncés. Une relation mathématique existe entre l'intensité de la coloration de l'image et la distance séparant le Linceul du corps.
- Incroyable, s'écrit Augustin médusé.

Puis il s'interroge :

- Si cette image est unique au monde, elle doit poser des questions au monde et notamment au monde scientifique ?
- Elle devrait….

Ils restent tous silencieux quelques secondes, avant que le Padre ne reprennent :

- L'image est précise, à haute résolution, sans distorsion. L'image n'est ni saturée, ni surexposée, ni sous-exposée à la lumière. L'analyse précise du Linceul montre l'absence de contour de l'image. Les bords de l'image s'estompent progressivement, sans limite nette visible.

- L'image est donc de qualité exceptionnelle ! conclut Jacques
- Oui, l'image présente des caractères d'isotropie, ce qui veut dire que l'image ne permet pas de déceler une direction privilégiée de lumière. L'image est projetée verticalement sur le plan du Linceul en respectant les lois de la projection et de la perspective. En un mot l'image est « Acheiropoïète », c'est-à-dire non faite de main d'homme…

Augustin, pris par sa réflexion intérieure, intervient :

- Si on essaie de comprendre… Quel est le processus de formation de l'image ?
- Une première image est composée des taches de sang, eau et sérum réalisée par contact avec le Linceul. La seconde image jaune sépia est réalisée par projection orthogonale du corps sur le tissu à plat. Cette image est cohérente mais légèrement décalée avec l'image sanguine due au fait que l'une est réalisée par contact et l'autre par projection. Cette seconde image est postérieure à l'image sanguine, car elle n'apparaît pas sous les taches de sang, sous les fleurs visibles sur le Linceul.
- Oui, acquiesce Jacques.

- L'examen des mains de l'homme du Linceul de Turin montre une longueur inhabituelle des doigts. Un examen attentif montre que l'on voit les os et les articulations des doigts et de la main, y compris l'articulation carpo-métacarpienne cachée dans les muscles de la main. L'os nasal semble également se distinguer. Les pièces posées sur les yeux de l'homme du linceul ont provoqué aussi une roussissure, une légère brûlure. Ceci nous laisse penser que l'origine de l'impression est un effet thermique. L'image est composée d'une infinité de points de la même couleur, plus ou moins rapprochés, de taille microscopique.
- Comment expliquer que l'image du corps ait pu se former sur le Linceul, interroge Jacques.
- Le codage en relief et l'isotropie montrent que l'énergie nécessaire émane du corps lui-même et non d'une source extérieure. L'image est produite par une irradiation électromagnétique, une projection de photons, particules de lumière, à partir du corps lui-même. Le corps est lui-même la source de lumière formant l'image du Linceul. L'intensité de coloration est proportionnelle à la distance corps/ linceul.

Augustin est ébahi :

- C'est vraiment surprenant.
- Plus surprenant encore une image superficielle ténue existe à l'envers du Linceul au niveau du visage, des mains, mais pas au niveau du dos. Aucune

coloration n'existe à l'intérieur du tissu. L'image est dite doublement superficielle.

Augustin de plus en plus impressionné par ce qu'il entend :

- Comment expliquer l'émission de lumière par le corps lui-même ?
- Il n'y a pas d'explication scientifique. L'explication par la foi est la manifestation de la gloire du ressuscité par une émission de lumière…

Augustin ne se lasse pas d'interroger le père montrant malgré lui sa passion du sujet :

- Admettons la véracité de ce linge, peut-on faire la description de l'image ?
- L'image représentée est celle d'un homme au visage serein et majestueux. L'homme mesure environ 1,80 mètre pour 80 kg, et a entre 30 et 35 ans. Il est de type sémite avec une barbe, une moustache, et des cheveux divisés en trois parties. Deux parties de chaque côté du visage arrivant sur les épaules et la troisième partie réunis en queue de cheval attaché bas dans le dos et tombant entre les omoplates selon l'usage des juifs.

Augustin interrogatif :

- L'analyse permet-elle de savoir ce qu'a vécu cet homme avant la mort ?
- L'homme a été battu et humilié avant sa mort. La pommette droite et la paupière droite sont abimées. Le nez présente une fracture au niveau du cartilage. La partie droite de la moustache et de la barbe sont

arrachées. L’homme a été flagellé avec un flagrum romain par plus de 100 coups. L’action romaine est confirmée car les juifs limités la punition à 40 coups. L’homme a été ceint à la tête d’une couronne d’épines.

- Que s’est-il passé ensuite ?
- Les écorchures des épaules, montrent que l’homme a ensuite porté une croix. L’homme marchait pieds nus, et était attaché avec des cordes visibles sur le Linceul. Il est tombé avec la croix ce qui explique qu’il n’a pu se retenir avec les mains d’où des écorchures sur les genoux. Les poussières d’aragonite de Jérusalem sont retrouvées sous le talon, sur les genoux et sur le nez de l'homme du Linceul.
- L’analyse permet-elle de savoir la cause de sa mort ?
- L’homme a été crucifié avec trois clous. Les clous des mains ont pénétré les poignets assurant une prise solide sans hémorragie et sans causer de fracture aux os du carpe. Les clous ont lésé le nerf médian, et provoqué la rétractation des pouces observée sur l’image du Linceul. L’homme a été crucifié avec le même clou pour les deux pieds. Le clou a pénétré dans un espace accessible lorsque le pied est en hyper extension sans causer de fracture aux os du tarse. L’homme est mort crucifié asphyxié. La mort du condamné fut vérifiée par le centurion romain en lui enfonçant son pilum dans le

côté droit comme l'indique la plaie sur le Linceul.

- Merci beaucoup pour tous ces renseignements, intervient Jacques.
- Je vous ai dit l'essentiel mais la quantité d'information du Linceul est si prodigieuse que vous ne pourriez ni tout noter, ni tout retenir. Mais si vous le souhaitez, je peux vous laisser un fascicule sur le Linceul. C'est moi qui l'ai écrit son titre est : « Un meurtre judiciaire ».
- Merci beaucoup pour votre livre qui nous sera si précieux, répond Jacques en se levant.

Jacques remercie le padre pour son aide précieuse.

Nous quittons avec émotion ce padre qui nous a fait découvrir le linceul qui nous parle de la passion et de la mort d'un homme.

En sortant, Jacques partage son point de vue à Jeanne et Augustin :

- Le groupe sanguin AB de l'homme du Linceul est le même que celui du Suaire d'Oviedo et que celui de la Tunique d'Argenteuil.
- Nous pouvons retracer les dernières heures de l'homme concerné par ces quatre linges, reprend Augustin. Il a été frappé au visage comme l'atteste les blessures de l'arcade sourcilière et de la joue droite sur la Coiffe et le Linceul. Il a

eu une partie de la barbe arrachée selon le Suaire, la Coiffe et le Linceul. Il a eu le nez fracturé au niveau du cartilage selon le Linceul. Il a été flagellé sur tout le corps selon la Tunique et le Linceul. Il a reçu sur la tête une couronne d'épines visible sur la Coiffe et le Linceul. Il a porté sa croix comme l'atteste la Tunique et le Linceul. Il est tombé sur le chemin comme l'atteste les poussières minérales trouvées sur le Linceul au niveau du nez et des genoux. Il a été crucifié par trois clous deux aux poignets, un pour les pieds superposés. Il est mort par asphyxie au cours de sa crucifixion selon le Suaire et le Linceul. Il est vraiment mort comme l'atteste sur le Linceul la blessure post mortem du cœur.

- Les pollens trouvés sur la Tunique, le Suaire et le Linceul confirment leur séjour en Palestine, réplique Jacques. De plus, sur la Tunique, les spores de rouille de graminée indiquent une période de mars à avril. Les poussières minérales indiquent une région quasi désertique.
- Qui est cet homme ? interroge soudain Augustin.
- Oui, qui est cet homme, c'est la question, répond Jacques. Pour nous cet homme est le Jésus dont parle le nouveau testament de la Bible. L'homme du Linceul a vécu la passion et la mort conformément aux récits des évangiles. C'est le seul cas d'un condamné avec une couronne d'épines. L'homme du Linceul n'a eu aucun de ses os brisés comme le disent

les écritures pour Jésus. L'homme du Linceul n'a eu aucun os brisé malgré le cartilage du nez cassé, les clous enfoncés dans les poignets et les pieds, le coup de lance. Il n'a pas eu les jambes brisées comme il était coutume de le faire pour abréger les souffrances des crucifiés...

Pendant ce temps là, Léon Camé appelle Natas :

- Bonjour patron.

Natas mielleux :

- Alors mon cher Léon, tout va bien ?
- C'est-à-dire, que…
- …Tu t'es fait avoir comme un gamin.
- Oui, la fille de Jacques a été délivrée par un commando, reconnaît Léon.
- Bon, écoutes et prend exemple sur moi. Il faut travailler à deux niveaux endommager les pièces à conviction et faire de la désinformation.
- Le linceul est endommagé ? questionne faussement Léon.
- Au moins trois fois, j'ai essayé de détruire le Linceul par le feu. Déjà avant 1195, une première série de trous situés presque sur la ligne marron du haut témoigne de ma tentative. En 1532, un incendie à Chambéry laisse des traces marron de brûlures réparties sur deux lignes parallèles de part et d'autre de la silhouette. Les lacunes nécessiteront un rapiéçage par les Clarisses de Chambéry en 1534. À l'occasion de cet incendie l'utilisation d'eau mouilla la quasi-totalité du Linceul. Seules sept zones en forme de losanges échappent à l'eau. La forme et la répétition des zones s'expliquent par le système de pliage du Linceul. Puis dans la nuit du 11 au 12 avril 1997, il est sauvé in extrémis, d'un incendie qui ravage la cathédrale de Turin, par un pompier qui réussit à détruire à la hache

les 8 feuilles de verre conçues pour résister à des projectiles puissants.

- La désinformation est aussi efficace ? demande Léon faisant l'innocent.
- La datation au carbone 14, réalisée par trois laboratoires en 1988, est un modèle de désinformation. Les tests scientifiques concluent à une date de l'échantillon compris entre 1260 et 1390. L'église par l'intermédiaire de son cardinal s'est faite piégée. Ce dernier, trop pressé de se mettre en valeur sans doute, conclut à un faux du moyen-âge lors d'une conférence de presse.
- Et ce n'est pas vrai ? interroge Léon.
- Certes non. Le linceul est du premier siècle et ceci pour plusieurs raisons. Un point de couture sur le Linceul unique n'est connu que sur un tissu de Massada antérieur à l'an 73. Des inscriptions antiques datables des premiers siècles existent autour du visage. Des pièces de monnaies de l'an 30 sont identifiées sur les paupières. Le Linceul est décrit sur le Codex Vossianus Latinus du Xe siècle et sur le Codex de Pray antérieur à 1195.
- Mais alors comment expliquer l'erreur des scientifiques pour la datation par le carbone ? demande Léon.
- La zone de l'échantillon est la seule zone du linceul avec une intense couleur verte. De plus, le tissage en chevron est très régulier sur tout le linceul, sauf à cet endroit de l'échantillon où un décalage est visible. Le Linceul a été réparé, après l'incendie de Chambéry, par les

religieuses Clarisses en 1534. Pour la réparation les sœurs ont retissé fibre par fibre une pièce de coton avec le lin du Linceul. Ce coton a été ensuite teint pour rendre la réparation invisible. Tu comprends comment j'ai piégé ce cardinal ?

- Oui, c'est trop fort, reconnaît Léon en ricanant.
- J'ai réussi à m'introduire jusqu'au cœur de l'Église. Qu'ils sont faibles ces mortels ! Qu'ils sont facilement orgueilleux avec leurs besoins d'être « plus » que les autres ! Avec une seule mesure de carbone 14, j'ai réussi mon coup, alors qu'ils avaient tant de preuves éclatantes sous les yeux. Avec une seule mesure le cardinal s'est précipité pour convoquer la presse. Il a donné les résultats lors d'une conférence pour dire que le linceul est un faux du Moyen-âge.
- Ce fut un coup de maître !

Natas satisfait de lui-même :

- Il faut travailler de façon subtile comme un malin ! Il ne faut pas imposer car alors on se démasque, mais inspirer en restant caché. Il faut suggérer en disant une partie de la vérité, mais en la déformant légèrement. C'est ce que j'ai fait dans un roman à succès récent. J'ai insinué subtilement et inspiré doucement l'auteur à son insu pour qu'il utilise la même technique. C'est ainsi qu'il a pris des choses vrais et a ajouté des choses fausses. La plupart des lecteurs ont cru de bonnes fois que tout était vrai. C'est comme cela que j'arrive à mes fins à visage caché. S'ils me reconnaissaient, ils auraient si peur qu'ils courraient tout de suite dans les bras de leur Père. Mais moi, progressivement j'arrive à les enchaîner. Je ne veux pas qu'ils sachent que Jésus, fils de Dieu, est mort pour racheter leurs péchés sur la croix, et surtout qu'il est ressuscité le troisième jour. Je veux que Jésus leur apparaisse comme un simple homme, ayant eu femme et enfants, un simple homme mortel. Comprends-tu ?

7 Visage dévoilé

Après leur périple italien les voilà tous trois installés dans le salon d'Augustin après une bonne nuit réparatrice des fatigues du voyage.

Jacques, satisfait du chemin déjà parcouru, s'adresse à Jeanne et Augustin :

- Nous arrivons presque au terme de notre voyage dans le temps. Cette dernière étape sera le couronnement de notre aventure.
- Je crois que ce voyage est aussi un voyage intérieur et qu'il aura un impact sur chacun d'entre nous, ajoute Jeanne.
- Bon mais ne rêvons pas, il nous reste une étape importante qui doit nous conduire au visage même de Dieu, lui répond son père.

Jeanne acquiesce :

- Cette dernière étape, selon la mission reçue, doit nous conduire effectivement au visage du vrai Vivant. Mais ne perdons pas de temps, je vous lis l'énigme pour la clé de la septième étape :

  « La clé est sa caractéristique »
- Donc, pour poursuivre avec cohérence nous pouvons dire : la clé est la caractéristique du Linceul de Turin, indique Augustin.
- Oui, mais le Linceul a énormément de caractéristiques qui lui sont propres. » réplique Jeanne.

Augustin réagit. :

- Peut-être mais pour moi, sa principale caractéristique, qui défit les esprits scientifiques, est que l'image est « Acheiropoïète », pour faire simple, non faite de main d'homme.
- « Acheiropoïète », génial, le fichier s'ouvre, se réjouit Jeanne.

Jeanne poursuit :
- Je vous lis le problème posé :

Cherche sa couronne,
sa mère la garde.
Trouve le chevalier,
il sera ton allier.

- C'est un peu court pour trouver, rétorque Augustin.
- Nous avons besoin du père Thomé, intervient Jacques. Prenons contact avec lui et retrouvons-nous.

Le lendemain même ils se retrouvent tous les quatre au domicile d'Augustin.
- Merci d'avoir fait appel et de l'envoi du quatrain, indique le père.
- Vous avez trouvé ? interroge Augustin.
- Oui, après sa flagellation par deux soldats romains, le Christ fut affublé d'une couronne d'épines qu'il porta jusqu'à sa mort sur la croix.
- Mais où est cette couronne ? poursuit Augustin.
- Cette couronne est en France. Saint Louis l'acheta à Baudouin II empereur de

Constantinople. Il en coûta à la France de l'ordre de son budget annuel, ou si vous préférez plus de deux fois le prix de la Sainte Chapelle construite pour la recevoir. Elle est aujourd'hui conservée à Notre-Dame de Paris.

- Avez-vous compris la référence à la chevalerie ? intervient Jacques.
- Les reliques conservées à la cathédrale sont placées sous la protection des chevaliers du Saint Sépulcre de Jérusalem. J'ai pris la liberté de prendre rendez-vous avec le lieutenant de l'ordre pour la France. Nous avons rendez-vous à Notre-Dame dans l'après-midi.

C'est ainsi qu'il se retrouve tous les quatre dans l'église métropole, au lieu du rendez-vous. Un homme grand et massif, à la barbe grisonnante, s'avance vers nous.

- Je vous attendais.

Le maître des chevaliers du Saint Sépulcre de Jérusalem remet à Jacques un parchemin en disant :

- Voici ce que vous êtes venu chercher.
- Mais qui vous a remis ce parchemin, s'enquiert Augustin ?
- Un illustre vieillard…
- Pourquoi vous a-t-il choisi pour cette transmission ?
- Je ne sais pas, cela lui appartient. Nous sommes cependant les derniers authentiques chevaliers. Notre adoubement chevaleresque est pratiqué à Jérusalem dans la Basilique du Saint-Sépulcre ou à Notre-Dame de Paris avec

une copie de l'épée de Geoffroy de Bouillon, fondateur de l'ordre en 1099.

- Votre mission a sans doute un rapport avec notre mission, intervient Jacques.
- Bien sûr puisque je vous remets le parchemin. Sachez aussi que notre mission ici est d'être les gardiens des reliques du Christ. Ici nous gardons un morceau d'un clou, un morceau du bois de la croix, mais surtout la sainte couronne.

Jacques ouvre le parchemin et lit les quelques mots :

« **On ne voit bien qu'avec le cœur. L'essentiel est invisible pour les yeux.** »

- Mais, qu'est-ce que cela signifie ? C'est une phrase du petit prince de Saint-Exupéry…
- Je ne peux vous en dire plus. Vous avez le parchemin, vous avez les informations pour poursuivre votre route…

C'est ainsi qu'ils quittèrent en plcine expectative le chevalier.

Rentrés chez Augustin, tous les quatre regardèrent le parchemin posé sur la table. Avoir l'information si proche, sans savoir comment l'atteindre. Tour à tour ils relèvent la tête se regardant, en espérant lire dans leur voisin une lumière d'espoir.

Augustin prend la parole :

- Voyons nous avons un parchemin blanc comme neige avec juste une citation de Saint-Exupéry.

- Blanc comme neige, reprend Jeanne, sauf le texte qui parle de l'invisible pour les yeux.
- Se pourrait-il …

La phrase reste en suspend tandis qu'Augustin part dans son bureau et revient avec un appareil optique. Après avoir posé la feuille sur le plateau et branché l'appareil, Augustin relit le texte avec un fort grossissement :

- L'écriture est à haute résolution, je ne vois rien de particulier. Attendez ! le dernier point n'est pas noir mais grisé. Je l'agrandis encore… Écoutez le texte que le point révèle avec un fort grossissement :

« **L'Un visible,**	**la lumière**
invisible,	**vient première.**
Le premier né,	**l'omniprésent**
être inné,	**est le présent.**
Cette énigme	**se décèle,**
par kérygme	**se révèle.**

- C'est un progrès indéniable, intervient Jacques. Mais pourquoi un grand document avec juste un point comme information ?
- Le document est rempli d'informations, répond Augustin, mais elles sont invisibles à l'œil nu. Le texte de l'écrivain nous parle de l'essentiel invisible et le texte du point nous parle aussi de l'invisible.

- Comment faire pour découvrir l'invisible, s'inquiète Jacques ?

Le père Thomé prend la parole :

- En tant que « spécialiste », je peux vous dire ce que signifie pour moi le texte du point. Dieu Un, lumière invisible, s'est rendu visible par l'incarnation du Verbe en Jésus. Le Verbe est le premier né selon Proverbes 8. Il est l'Être de toute éternité avec le Père et la Saint-Esprit. Il est omniprésent à toute la création. Tout a été fait par lui, pour lui et en lui.
- Mais quel rapport avec un texte invisible ? réplique Jeanne.

Augustin est heureux d'être utile au groupe, il répond en se tournant plus vers Jeanne que vers Jacques :

- Il existe plusieurs procédés d'écriture invisible. Un des plus simples et des plus anciens est l'écriture avec du jus de citron qui se révèle par l'échauffement du papier.
- Comment savoir le procédé utilisé sans risquer de détruire le papier ?
- Les textes doivent nous aider. Le message de Saint-Exupéry indique de voir avec le cœur. Le cœur, c'est la chaleur des sentiments. Il indique aussi l'essentiel est invisible pour les yeux. Ceci fait écho avec le message du point : « la lumière invisible vient première ». J'en déduis donc qu'il faut utiliser une lumière ou fréquence invisible pour un humain avec un effet de chaleur.

Augustin quitte la pièce et revient quelques instants plus tard avec un autre appareil optique :

- C’est un émetteur d’ondes électromagnétiques, comme la lumière, mais qui permet de créer des ondes à différentes fréquences.
- Tu ne risques pas de détruire le document ? s’inquiète Jeanne.
- Non car je peux doser l’intensité et je n’essaie que sur une petite partie du document.
- Voyons à partir du bord.

Augustin travaille méthodiquement et sereinement et enfin :

- Il y a quelques choses d’inscrit. Je poursuis sur toute la page.

CNEZLWTWMBPOWHBR RERXVNTNEIMNSSIVBQ
MLWXMKMAGRJIWAVBO HWSIWKUEZBQMEJCH
JJZLPJTJDNWVXKMKK FWTDBFWFNVCZNQ
YENXNXNHOIAWGWMTK DEHALAXMYDEVMYI

Ils regardent tous le document, un peu dépités, se rendant compte qu’ils ne sont pas au bout de leur peine.

- Le texte a la même présentation que le quatrain codé pour le Linceul de Turin, constate Augustin. Je vais donc essayer le décodage avec la série de Fibonacci. Je vais dans mon bureau au calme et reviens dans moins d’une heure.

Trente minutes s’écoulent lorsqu’Augustin revient la mine déconfite :

- Cela n’a pas marché, malgré la ressemblance de la forme du texte, le codage n'est pas réalisé par la suite de Fibonacci.

- Mais, réplique Jeanne, la suite de Fibonacci était annoncée par le texte « La beauté sauvera le monde ». Il y a sans doute des indices pour trouver le codage dans le message contenu dans le point.
- Oui, intervient le père Gabriel Thomé, et dans ce cas remarquons que le message fait également référence au Christ, en tout le premier.
- Pour la sixième étape la beauté du Christ faisait référence à la suite de Fibonacci. Pour la septième étape la primauté du Christ fait référence aux nombres premiers. J'essaie dans mon bureau et vous rejoins dès que possible.

Une heure plus tard Augustin le visage défait :

- J'ai tenté le décodage avec la transposition utilisant les nombres premiers sur le même principe que la transposition effectuée avec la suite Fibonacci. Cela ne donne aucun résultat.
- Ce n'est pas grave tu finiras par trouver, répond Jeanne compatissante.
- Mais il y a plus embêtant. Il n'y a pas de corrélation entre la fréquence d'apparition des lettres du message et avec la fréquence d'apparitions des lettres en français et dans les langues les plus courantes.
- Je ne comprends pas rétorque Jacques.
- Tenez, voyez plutôt le tableau réalisé pour le français.

Texte long Français		Message		
Lettre et fréquence d'utilisation en français		Lettre, occurrence et fréquence d'utilisation		
E	16,95	W	12	9,23
A	8,14	N	11	8,46
S	7,97	M	9	6,92
I	7,60	E	8	6,15
T	7,26	B	6	4,62
N	7,11	I	6	4,62
R	6,57	J	6	4,62
U	6,38	K	6	4,62
L	5,47	X	6	4,62
O	5,41	A	5	3,85
D	3,68	H	5	3,85
C	3,35	T	5	3,85
P	3,03	V	5	3,85
M	2,97	D	4	3,08
V	1,63	L	4	3,08
Q	1,37	R	4	3,08
F	1,07	Z	4	3,08
B	0,90	C	3	2,31
G	0,87	O	3	2,31
H	0,74	Q	3	2,31
J	0,55	S	3	2,31
X	0,39	Y	3	2,31
Y	0,31	F	2	1,54
Z	0,14	G	2	1,54
W	0,11	P	2	1,54
K	0,05	U	2	1,54

- Qu'es-ce que cela signifie ? demande Jacques.

- Cela signifie, répond Augustin, que la transposition est variable dans le temps. La variation de la transposition des caractères est réalisée à l'aide d'un tableau à plusieurs dimensions avec sur une dimension le texte à transposer et sur les autres dimensions des clés. Les coordonnées du caractère à transposer et des caractères des clés correspondantes donnent le caractère de la transposition.
- Mais cela semble considérablement complexe !
- Espérons que nous avons à faire à un cas simple de tableau à deux dimensions.
- Oui, et dans ce cas il n'y a qu'une clé, intervient Jeanne montrant quelle a réussi à suivre.
- En tout cas je crois qu'il nous faut nous arrêter là pour le moment. Je vais faire des recherches sur ordinateur et demander au besoin l'aide de spécialistes du chiffrage. Dès que je trouve, je vous recontacte tous.
- En tout cas nous nous tenons à votre disposition si vous avez besoin de notre aide, indique le père Thomé.
- Merci à tous, à bientôt.

Quatre jours plus tard, Augustin donne rendez-vous au père Gabriel Thomé à son domicile avec Jeanne et Jacques. Ils s'installent tous au salon.

- J'ai réussi à décoder le texte et je dois souligner que l'aide du père Thomé, appelé à plusieurs reprises, m'a été précieuse. Mais avant toute chose, je dois vous parler du codage de Vigenère.
- Nous t'écoutons, dit Jacques.
- Le chiffre de Vigenère est un système de chiffrement par substitution, mais une même lettre peut suivant la position dans le message être remplacée par un caractère différent. Cette méthode résiste donc à une analyse par fréquence d'utilisation des caractères.
- Sur quelle base se fait la substitution ? questionne Jacques.
- La substitution se fait en utilisant le caractère trouvé par l'intersection de la colonne correspondant à la lettre à coder, et par la ligne correspondant à la lettre de la clé. Si la clé est aussi longue que le texte à chiffrer le code est impossible à déchiffrer sans connaître la clé. Voici un tableau de Vigenère et le texte que nous devons déchiffrer :

Z	A	B	C	D	E	F	G	H	I	J	K	L	M	N	O	P	Q	R	S	T	U	V	W	X	Y
A	B	C	D	E	F	G	H	I	J	K	L	M	N	O	P	Q	R	S	T	U	V	W	X	Y	Z
B	C	D	E	F	G	H	I	J	K	L	M	N	O	P	Q	R	S	T	U	V	W	X	Y	Z	A
C	D	E	F	G	H	I	J	K	L	M	N	O	P	Q	R	S	T	U	V	W	X	Y	Z	A	B
D	E	F	G	H	I	J	K	L	M	N	O	P	Q	R	S	T	U	V	W	X	Y	Z	A	B	C
E	F	G	H	I	J	K	L	M	N	O	P	Q	R	S	T	U	V	W	X	Y	Z	A	B	C	D
F	G	H	I	J	K	L	M	N	O	P	Q	R	S	T	U	V	W	X	Y	Z	A	B	C	D	E
G	H	I	J	K	L	M	N	O	P	Q	R	S	T	U	V	W	X	Y	Z	A	B	C	D	E	F
H	I	J	K	L	M	N	O	P	Q	R	S	T	U	V	W	X	Y	Z	A	B	C	D	E	F	G

I	J	K	L	M	N	O	P	Q	R	S	T	U	V	W	X	Y	Z	A	B	C	D	E	F	G	H
J	K	L	M	N	O	P	Q	R	S	T	U	V	W	X	Y	Z	A	B	C	D	E	F	G	H	I
K	L	M	N	O	P	Q	R	S	T	U	V	W	X	Y	Z	A	B	C	D	E	F	G	H	I	J
L	M	N	O	P	Q	R	S	T	U	V	W	X	Y	Z	A	B	C	D	E	F	G	H	I	J	K
M	N	O	P	Q	R	S	T	U	V	W	X	Y	Z	A	B	C	D	E	F	G	H	I	J	K	L
N	O	P	Q	R	S	T	U	V	W	X	Y	Z	A	B	C	D	E	F	G	H	I	J	K	L	M
O	P	Q	R	S	T	U	V	W	X	Y	Z	A	B	C	D	E	F	G	H	I	J	K	L	M	N
P	Q	R	S	T	U	V	W	X	Y	Z	A	B	C	D	E	F	G	H	I	J	K	L	M	N	O
Q	R	S	T	U	V	W	X	Y	Z	A	B	C	D	E	F	G	H	I	J	K	L	M	N	O	P
R	S	T	U	V	W	X	Y	Z	A	B	C	D	E	F	G	H	I	J	K	L	M	N	O	P	Q
S	T	U	V	W	X	Y	Z	A	B	C	D	E	F	G	H	I	J	K	L	M	N	O	P	Q	R
T	U	V	W	X	Y	Z	A	B	C	D	E	F	G	H	I	J	K	L	M	N	O	P	Q	R	S
U	V	W	X	Y	Z	A	B	C	D	E	F	G	H	I	J	K	L	M	N	O	P	Q	R	S	T
V	W	X	Y	Z	A	B	C	D	E	F	G	H	I	J	K	L	M	N	O	P	Q	R	S	T	U
W	X	Y	Z	A	B	C	D	E	F	G	H	I	J	K	L	M	N	O	P	Q	R	S	T	U	V
X	Y	Z	A	B	C	D	E	F	G	H	I	J	K	L	M	N	O	P	Q	R	S	T	U	V	W
Y	Z	A	B	C	D	E	F	G	H	I	J	K	L	M	N	O	P	Q	R	S	T	U	V	W	X

CNEZLWTWMBPOWHBR RERXVNTNEIMNSSIVBQ
MLWXMKMAGRJIWAVBO HWSIWKUEZBQMEJCH
JJZLPJTJDNWVXKMKK FWTDBFWFNVCZNQ
YENXNXNHOIAWGWMTK DEHALAXMYDEVMYI

- Mais il faut connaître la clé, s'enquiert Jacques.
- Le déchiffrage d'un message codé par le tableau de Vigenère est possible, sans connaître la clé, si la clé est petite et le texte long. Si la clé est égale à la longueur du texte codé, le décodage est impossible sans connaissance de la clé.
- Et ici ?
- Les séquences redondantes indiquent soit la même séquence de lettres dans le texte en clair soit deux suites de lettres différentes dans le texte en clair engendrant la même suite dans le texte chiffré par pure coïncidence. Ici il n'y a pas de répétition de séquence de trois lettres ou plus.

- Et donc ?
- La connaissance de la clé s'avère donc indispensable. Et le père m'a apporté une aide indispensable. Nous nous sommes dit que le vieillard rencontré voulait que Jacques arrive au bout du chemin. La clé devait donc être accessible et nous devions l'avoir sous les yeux…
- En fait, nous sommes repartis du texte contenu dans le point, indique le père. Les deux dernières lignes indiquent : « **Cette énigme se décèle, par Kérygme se révèle** ».
- La clé est tout simplement le kérygme.
- Comment cela tout simplement, s'enquiert Jeanne.
- Le kérygme est un résumé de la foi, intervient le père. Il proclame dans son expression la plus courte : « Jésus-Christ, Fils de Dieu, Sauveur ». C'est aussi le début de la prière incessante des orthodoxes : « Jésus-Christ, Fils de Dieu, Sauveur, aies pitié de moi pêcheur ».
- En appliquant le kérygme pour clé, nous avons trouvé le texte original, indique Augustin. Voici chaque lettre du message codé, la lettre de la clé correspondante et la lettre en clair trouvée à partir du tableau de Vigenère.

C	N	E	Z	L	W	T	W		
J	E	S	U	S	C	H	R		
S	I	L	E	S	T	L	E		
M	B	P	O	W	H	B	R		
I	S	T	F	I	L	S	D		
D	I	V	I	N	V	I	N		
R	E	R	X	V	N	T	N		
E	D	I	E	U	S	A	U		
M	A	I	S	A	U	S	S		
E	I	M	N	S	S	I	V	B	Q
V	E	U	R	J	E	S	U	S	C
I	D	I	V	I	N	P	A	I	N
M	L	W	X	M	K	M	A		
H	R	I	S	T	F	I	L		
E	T	N	E	S	E	D	O		
G	R	J	I	W	A	V	B	O	
S	D	E	D	I	E	U	S	A	
N	N	E	E	N	V	A	I	N	
H	W	S	I	W	K	U	E		
U	V	E	U	R	J	E	S		
M	A	N	N	E	A	P	L		
Z	B	Q	M	E	J	C	H		
U	S	C	H	R	I	S	T		
E	I	N	E	M	A	I	N		
J	J	Z	L	P	J	T	J		
F	I	L	S	D	E	D	I		
D	A	N	S	L	E	P	A		
D	N	W	V	X	K	M	K	K	
E	U	S	A	U	V	E	U	R	
Y	S	D	U	C	O	R	P	S	
F	W	T	D	B	F	W	F		

J	E	S	U	S	C	H	R		
V	R	A	I	I	C	O	N		
N	V	C	Z	N	Q				
I	S	T	F	I	L				
E	C	I	T	E	E				
Y	E	N	X	N	X	N	H	O	
S	D	E	D	I	E	U	S	A	
F	A	I	T	E	S	S	O	N	
I	A	W	G	W	M	T	K		
U	V	E	U	R	J	E	S		
N	E	R	L	E	C	O	R		
D	E	H	A	L	A	X	M		
U	S	C	H	R	I	S	T		
I	L	E	S	T	R	E	S		
Y	D	E	V	M	Y	I			
F	I	L	S	D	E	D			
S	U	S	C	I	T	E			

SILESTLEDIVINVIN
MAISAUSSIDIVINPAIN
ETNESEDONNEENVAIN
MANNEAPLEINEMAIN
DANSLEPAYSDUCORPS
VRAIICONECITEE
FAITESSONNERLECOR
ILESTRESSUSCITE

- Dès lors, il ne restait plus qu'à mettre les césures entre les mots et nous avons obtenu :

S'il est le divin vin, mais aussi divin pain,
et ne se donne en vain, manne à pleine main.
Dans le pays du corps, vrai icône citée,
faites sonner le cor, il est ressuscité.

Nous sommes tous assis ébahis et satisfaits autour de la table. Soudain, le père Thomé se lève et se dirige vers les toilettes.

A peine entré, il en ressort et revient vers nous mais demeure à environ trois mètres :

- Restez à votre place et levez les mains, et toi l'Augustin ne fait pas le malin, la vie est trop courte pour être perdue bêtement.

Ils sont tous abasourdis, sonnés. Augustin reconnaît un semi-automatique Sig-Sauer SP 2022 de calibre 9 mn, celui-là même qui équipe les forces de l'ordre en France. Il analyse la situation et se rend compte que le père est trop loin et il ne veut prendre aucun risque pour ses amis.

Avant de reprendre complètement nos esprits le père enchaîne :

- Je vous ai aidé au début, mais là vous allez beaucoup trop loin, vous allez porter atteinte à l'Église et j'ai une carrière à y faire.
- Mais je ne comprends pas nous travaillons dans le même but, répond Jacques.
- Pas complètement, vous voulez rencontrer Dieu directement sans passer par l'Église.
- Les récits de la Bible nous montrent que Dieu veut rencontrer l'homme, c'est tout le sens de l'incarnation du Verbe en Jésus.
- L'Église est l'intermédiaire entre la parole de Dieu, la Bible, et l'homme.
- Plus maintenant et c'est tant mieux répond Jacques. Dieu est venu en Jésus non pas pour l'Église, mais pour chaque

homme et il nous a laissé sa parole pour chaque homme.

- L'Église doit interpréter, commenter la Bible, pour éviter que ses enfants s'égarent.
- Jésus est le seul intermédiaire entre l'homme et Dieu. Il nous a promis l'Esprit-Saint, l'Esprit de vérité pour nous enseigner.
- Je suis là pour défendre l'Église.
- Je suis là pour défendre la possibilité d'une relation personnelle, directe entre chaque homme et Dieu. Mais je défends également une conception de l'Église qui soit fidèle à la mission que lui a donnée le Christ selon les Écritures.
- Qui êtes-vous avec vos prétentions de connaître la vérité. Vous portez atteinte à la puissance de l'Église.
- Mais la puissance de l'Église est-elle matérielle et temporelle, ou spirituelle et intemporelle ?
- Je n'ai pas à discuter avec vous. Cessez toute recherche stérile. Retournez à vos occupations habituelles. Vous n'avez rien trouvé de véritablement exceptionnel, et vous ne trouverez rien…

Un silence se fait, ils sont tous abasourdis et ne comprennent plus. Le père enchaîne :

- Jeanne, mettez tous les documents dans ma sacoche avec l'ordinateur d'Augustin. Je prends tous les documents pour vous aider…

Le père récupère la sacoche et recule jusqu'à la porte du séjour :

- Ne sortez pas ou il vous en cuirait…

Le père sort, jette une grenade incendiaire par la porte du bureau d'Augustin. Avant que la grenade ne fasse son effet dévastateur dans le bureau remplit de papiers et de livres, il quitte la maison à toutes jambes.

Au son de l'explosion, Augustin sort précipitamment, voyant son bureau en feu, il ferme la porte. Il revient dans le séjour, demande à Jacques d'appeler les pompiers, tandis qu'il arrose la porte du bureau et la calfeutre avec des linges.

Les pompiers ne tardent pas à arriver. La présence d'esprit d'Augustin a limité les dégâts, mais son bureau est complètement calciné.

Après le départ des pompiers qui ont achevé la destruction du bureau en détruisant par l'eau ce que le feu n'avait pas détruit, ils demeurent abasourdis dans le salon préservé.

- Qui pouvait imaginer qu'un prêtre nous jouerait ce mauvais tour, s'exclame Jacques.
- Oui il nous a endormi en nous aidant à avancer pour mieux nous contrer ensuite.
- Comment imaginer cela d'un homme d'Église ?
- Tu le dis toi-même Jeanne, c'est un homme, ce n'est qu'un homme avec toute sa pesanteur.
- Ainsi donc voilà la fin de cette aventure, intervient Jeanne. Elle se termine au moment le plus crucial, le moment de la récompense ultime : voir le visage de Dieu en Jésus.
- Oui sans doute, mais nous sommes saufs, malgré toutes les vicissitudes, réplique Augustin.
- Même si c'est l'essentiel, je ne peux m'en satisfaire, j'ai failli à la mission confiée par votre père et le vieillard.
- Mais la messe n'est peut-être pas dite, répond Augustin. Pour poursuivre nous n'avons besoin que du quatrain. En nous y mettant tous, nous pouvons le retrouver. Ce sont quatre alexandrins qui

riment au niveau du vers et du demi-vers de la césure.

Progressivement, ils arrivent à reconstituer le quatrain :

S'il est le divin vin, mais aussi divin pain,
et ne se donne en vain, manne à pleine main.
Dans le pays du corps, vrai icône citée,
Faites sonner le cor, il est ressuscité. »

Jacques enchaîne après Jeanne :

- « Il est le divin vin, mais aussi divin pain » est le mystère de la Sainte Cène du Seigneur Jésus. Cette Cène eu lieu avec ses apôtres le jeudi saint, veille de sa passion. Oui, c'est ce que nous disent les évangélistes et Paul dans la première épitre aux Corinthiens. Jésus a consacré le pain et le vin en son corps et en son sang avant de le donner à ses apôtres. Et Jésus ajouta : faites ceci en mémoire de moi. »
- « Et ne se donne en vain, manne à pleine main. », répète Jeanne. La manne était la nourriture miraculeuse donnée par Dieu aux hébreux dans le désert. La nouvelle manne c'est le pain consacré dans le corps du Christ. Ce pain consacré ne se donne en vain. Si nous discernons le corps de Jésus, il nous donne la vie éternelle.

Jacques reprend après Jeanne :

- « Faites sonner le cor, il est ressuscité » est la joie des chrétiens. Pour eux le

Christ est mort et ressuscité le troisième jour.

Augustin en conclut :

- Finalement il ne nous reste que « Dans le pays du corps, vraie icône citée » comme directive pour trouver l'objet de notre quête.

Jacques après un temps de réflexion :

- Mais nous n'avons aucune indication sur le pays.

Augustin pragmatique :

- Si, il s'agit du pays du corps.

Jacques :

- Je n'y crois pas, cela ne nous donne aucune information. Dans tous les pays il y a des corps. Et de quel corps s'agit-il ? de Jésus ? Mais il est ressuscité et est monté au ciel avec son corps. C'est… c'est...

Jeanne venant au secours de son père :

- Contraire à toute logique, mensonger d'une certaine façon.
- Oui, répond Jacques.
- Il faut reconnaître que nous sommes dans l'impasse complète, reconnaît Augustin. Même mes recherches sur internet ne donnent rien.
- « Le pays du corps, », reprend Jacques qui ne désespère pas de trouver. Il ne s'agit pas du pays de Corps qui ferait référence à la ville de « Corps » des alpes du Sud. Le pays du corps fait référence au corps du Christ. Le pays du Christ est la Palestine, aujourd'hui Israël.

Les trois restent en silence ne sachant que penser.

Augustin plutôt homme d'action rompt le silence :

- Nous sommes dans l'impasse. Reconnaissons que nous ne pouvons aller plus loin au moins pour le moment.

Jacques déterminé :

- Ce n'est pas possible. Je ne peux pas arrêter cette mission de moi-même. Je considère que j'en suis personnellement responsable.
- Nous partageons cette responsabilité car nous t'avons accompagné et épaulé, papa.
- Nous sommes d'accord de continuer si un horizon s'ouvre, confirme Augustin.
- Je vous remercie chaleureusement pour toute votre aide particulièrement dans les moments les plus durs. Mais le Vieillard m'a confié une responsabilité que j'ai acceptée. Vous, cependant vous êtes libres, vous avez déjà beaucoup fait.

Augustin avec son humour taquin :

- Jeanne, ton père veut nous mettre dehors de la course, il veut atteindre seul le trésor. Pour ma part je suis d'accord de continuer si nous avons une piste.
- Je te remercie Augustin. Comme nous n'avons pas de piste, je vous propose d'aller en Sologne passer quelques jours en retraite.
- En retraite ! s'insurge Augustin.

Jeanne :

- Oui en retraite dans un monastère, souligne Jeanne. Pour quelques jours seulement.

- Mais n'est-ce pas du temps perdu ? interroge Augustin remis de sa surprise.
- Pour ma part, je crois que c'est du temps gagné, répond Jacques.
- Si vous y êtes, alors j'en suis, bien que n'étant pas un pilier d'Église, admet Augustin.

Jeanne, Jacques et Augustin partent pour une retraite dans la communauté récente de l'Agneau en Sologne. Jacques retrouve avec surprise, Françoise, une religieuse en charge d'un enseignement pendant la retraite :

- Bonjour Françoise.
- Bonjour Jacques, quelle joie de vous revoir.
- C'est bien en Corrèze que je vous ai connu.
- Oui mais maintenant je suis en Belgique et je reviens juste d'un pèlerinage en Italie.
- C'est une coïncidence, nous étions aussi en Italie, à Turin pour voir le Linceul.
- J'étais à Manoppello en pèlerinage.
- Il faut que je vous raconte ce qui nous arrive. Vous pourrez peut être nous aider. Je suis avec ma fille Jeanne et notre ami Augustin.
- Si vous le désirez nous pouvons nous voir maintenant. Nous pouvons nous mettre dans une pièce à part. Je ne donne un enseignement que dans deux heures, nous avons donc du temps devant nous.

Sœur Françoise, Jeanne, Jacques et Augustin s'isolent donc dans une petite salle de réunion. Jacques explique toute l'histoire : la victime dans le jardin du Vésinet, la clé USB, le voyage en Russie, la mission du rédacteur en chef de son journal, la rencontre du Vieillard, leurs voyages en Espagne, en France, en Espagne, en France, et enfin en Italie.

Jacques aborde ensuite la future étape :

- Et voici donc le quatrain correspondant à la septième étape.

Jacques tend le papier à Sœur Françoise qui le saisit et s'exprime avant de lire :

- Septième étape … Sept, le signe de la perfection, de la plénitude et de la victoire.

Sœur Françoise lit alors le quatrain :

« S'il est le divin vin, mais aussi divin pain,
et ne se donne en vain, manne à pleine main.
Dans le pays du corps, vraie icône citée,
Faites sonner le cor, il est ressuscité. »

- Nous n'avons pas trouvé dans quel pays et dans quelle ville nous devons nous rendre. Le troisième verset doit nous donner le lieu. Nous avons pensé à Israël pour le pays du corps mais sans certitude. Et pour vraie icône citée nous ne savons pas s'il s'agit d'une ville.

Le sourire de sœur Françoise fait place à une intensité de réflexion :

- Je pense à un lieu mais il me faut vérifier pour ne pas vous donner de fausse joie. Je vous retrouve ce soir à 20H30 après le dîner.

- Vous nous faites languir, intervient Augustin soulignant son impatience.

Sœur Françoise se sent obligé de poursuivre l'échange :

- Bon pour vous faire patienter écoutez. Jésus est né à Bethléem. Il a fui avec ses parents en Égypte, le roi Hérode ayant décrété le massacre des enfants mâles en bas âge, par crainte d'être destitué de son trône. Revenu avec ses parents du pays des pharaons, il a grandi à Nazareth. À trente ans il a eu trois ans de vie publique en Palestine. Il est monté à Jérusalem pour les fêtes de Pâques. Il a vécu sa passion et il est mort crucifié. Le troisième jour il est ressuscité et après avoir témoigné de sa résurrection à un grand nombre de disciples, il est monté aux cieux avec son corps ressuscité.
- Donc le pays du corps, c'est la Palestine où Jésus a vécu, indique Augustin.
- Oui, à moins que le pays recherché soit l'Italie, indique sœur Françoise. En effet le corps de Jésus n'est plus en Palestine, par contre la trace du corps de Jésus sur le Linceul de Turin est bien en Italie.
- Serait-ce donc dans un pays voisin ? interroge Jacques.
- Ne vous réjouissez pas trop vite. Je fais des recherches sur internet et je vous retrouve ce soir pour, j'espère, vous donner la clé de l'énigme.

C'est sur ces promesses qu'ils se quittèrent.

Les heures de l’après-midi s’étendent dans la durée, aussi chacun essaie d’occuper son esprit. Jacques écoute un enseignement, tandis que Jeanne et Augustin décident de se promener dans l’immense parc boisé.

A 18h00, ils se retrouvent tous pour l’office des vêpres. Une heure après, tous sont réunis à la salle à manger. Après le bénédicité, le regard de Jacques croise celui de sœur Françoise. La mine réjouie de la religieuse est signe de bonne augure se dit Jacques.

Enfin la fin du repas, sœur Françoise s’approche de Jeanne, Jacques et Augustin et leur dit :

- Suivez-moi nous allons rejoindre la petite salle de réunion, j’ai à vous parler.

Sœur Françoise prend la parole :

- Tout à l’heure je vous ai parlé du pays du corps. Il s’agit bien de l’Italie. C’est le pays qui nous parle le plus du corps de Jésus à travers le Linceul de Turin, véritable « photographie » non faite de main d’homme.

Jacques :

- Et où devons nous aller en Italie ? demande Jacques.
- D’où je viens, à Manoppello.

Augustin demeuré très attentif :

- Pourquoi Manoppello ?

Sœur Françoise se justifie :

- Rappelez-vous le quatrain :

« S’il est le divin vin, mais aussi divin pain,
et ne se donne en vain, manne à pleine main.
Dans le pays du corps, vraie icône citée,
Faites sonner le cor, il est ressuscité. »

- J'ai fait des recherches concernant l'origine du nom de Manoppello et j'ai été saisi par la corrélation. Le nom de la ville provient de l'italien « manoppio », c'est-à-dire une petite quantité de blé pouvant être contenue dans le creux de la main. De plus les termes « manoppio » et « Manopello » sont d'origine latine avec « manus » (main) et « plere » (plein) donc à pleine main.
- Cela rappelle la manne, donnée par Dieu, qui nourrit les hébreux dans le désert pendant quarante ans après leurs fuites d'Égypte ! souligne Jacques.
- En plus, Jésus est né à Bethléem dont le nom signifie « maison du pain » (bet lechem en hébreu) indique sœur Françoise.
- Incroyable ! s'écrit Augustin stupéfié.
- Manoppello signifie donc « une quantité de blé dans le creux de la main » comme on reçoit l'eucharistie dans le creux de sa main et « à pleine main » car Jésus se donne gratuitement, sans compter. La nouvelle manne est le pain sans levain, qui, une fois consacré, devient le corps du Christ. La consécration nous rappelle la mort et la résurrection de Jésus-Christ.

Ils restent tous silencieux quelques instants.

- Et où se trouve Manoppello ? s'enquiert Jacques.
- Manoppello est situé dans la région des Abruzzes en Italie méridionale.

- Qui a-t-il à voir là-bas ? interroge Jacques.
- Vous le verrez par vous-mêmes, mais sachez que cela a trait à « vraie icône citée ».
- Cela a donc trait à la légende de Véronique, demande Jacques.
- Oui et non.
- Nous sommes partis de l'icône de la Trinité de Roublev et nous arrivons pour terminer à une autre icône.
- Vous n'arrivez pas à une icône quelconque, celle-ci est une véritable icône non faite de main d'homme, souligne sœur Françoise.
- Comme pour le Linceul de Turin alors ?
- Oui
- Pourquoi cette « véritable icône » n'est-elle pas connue ? demande Jacques.
- Je ne sais pas, ce n'était pas le moment.
- Et maintenant l'heure est venue ? interroge Jacques.
- Sans doute. En tout cas il faut vous y rendre. Et vous avez de la chance, je me suis liée d'amitiés avec sœur Claire qui connaît parfaitement l'icône. En arrivant, allez la voir de ma part. Je vais vous donner ses coordonnées.

La cloche sonne pour l'office des complies et Jacques termine la rencontre :

- Nous vous remercions beaucoup sœur Françoise.

Jeanne, Jacques et Augustin quittent la sœur en la remerciant chaleureusement.

Jacques tout à sa joie :

- Alors, Augustin, c'était du temps perdu cette retraite ?
- Certes non, mais je ne pouvais pas deviner.
- Il faut accepter d'être aidé d'en haut, indique Jeanne.
- Parce que vous croyez au père Noël.
- Non bien mieux que cela, nous croyons en Dieu !

Ils terminent la retraite dans la joie. En quittant la Sologne pour le Vésinet ils savent tous les trois qu'ils reverront l'Italie très bientôt.

Quelques jours plus tard, Jeanne, Jacques et Augustin rencontrent le père Victor au couvent de Paris. Ils racontent leur périple. Le père Victor est chagriné par l'épisode avec le père Thomé :

- Je suis vraiment confus et attristé par tous vos ennuis avec ce père.
- Il faut reconnaître qu'il nous a vraiment beaucoup aidé jusqu'à la sixième étape, indique Jacques. Ensuite, je ne sais pas ce qui s'est passé, il n'était plus le même.
- Il en va ainsi de chaque homme, partagé entre le bien et le mal, selon qu'il incline d'un côté ou de l'autre.
- Oui mais dans le cas d'un homme d'église, censé défendre le bien, c'est davantage choquant, intervient Augustin.
- Je partage vos points de vue mais avez-vous vu le journal ce matin ?

A leur réponse négative, le père leurs temps un journal plié sur un article encadré et ils lisent :

« Un prêtre retrouvé mort à son domicile »

« Inquiet de ne pas le voir pendant plusieurs jours pour préparer sa thèse de philosophie, son maître de thèse a informé la police. Une enquête effectuée dans son voisinage a conduit les policiers à forcer son domicile. Ils ont retrouvé le père Gabriel Thomé mort à son domicile baignant dans son sang, un pistolet en main. Une balle de 9 mn a pénétré son crâne par la tempe droite.

Les hypothèses retenues par la police sont un suicide ou un meurtre camouflé en suicide….. »

Ils sont éberlués mais le deviennent davantage lorsqu'il lise le deuxième article que leur tend le père.

« Un prêtre lié à une bande d'anciens du KGB »

« L'enquête sur la mort du prêtre que nous vous relations mardi progresse. L'inspecteur de police Bertrand Lefevre, suite à l'analyse des communications téléphoniques, est parvenu à arrêter des anciens membres du KGB qui s'étaient recyclés dans les crimes de droit commun.

Le chef de la bande est un dénommé Léon Camé. Ce dernier s'en défend et prétend que le chef de la bande se fait appeler « monseigneur ». La police n'a retrouvé aucune trace de ce « monseigneur » et pense que Léon Camé essaie de minimiser sa responsabilité.

Par contre une perquisition a permis de mettre la main sur de grosses sommes d'argent au domicile de Léon Camé. La police essaie d'établir si l'argent provient de casses ou s'il correspond au paiement d'actions crapuleuses par des commanditaires.

Cette bande serait en effet concernée par l'incendie criminel qui a détruit l'habitation de Jacques Latour, journaliste de la revue « Vérité ». »

Ils sont tous surpris par le déroulement des derniers évènements.

- Malgré tous vos ennuis au long de cette quête, vous avez été gardés par la providence.
- Mais il nous reste une dernière étape à accomplir, l'étape ultime, répond Augustin.

- Nous allons voir la vraie icône non faite de main d'homme précise Jeanne.
- Oui, le visage même de Dieu dans son humanité ressuscité, renchérit Jacques.
- J'aurai aimé être avec vous mais mon grand âge me l'interdit. Je serai cependant de tout cœur avec vous et mes prières vous accompagnent.

Quelques jours après, ils prennent l'avion à Paris pour Rome. À l'aéroport ils louent une voiture qui leurs permet d'atteindre Manoppello en moins de trois heures.

Arrivés à Manoppello dans les Abruzzes, ils s'installent à l'hôtel et passent une soirée ensembles à remettre de l'ordre dans leurs principales découvertes.

Le lendemain matin, ils se rendent à l'adresse indiquée par Sœur Françoise. Elle est juste à proximité du couvent des capucins et de l'église Saint Michel Archange.

Ils sonnent à la porte. Ils entendent des pas qui résonnent sur le pavé, puis la porte s'ouvre sur une religieuse au visage radieux.

- Bonjour, Je suis sœur Claire. Que puis-je faire pour vous ?

Jacques répond pour tous :

- Bonjour ma sœur, nous venons de la part de sœur Françoise qui est venue ici il y a deux mois.
- Oui, elle m'a prévenue vous êtes Jacques avec votre fille Jeanne et votre ami Augustin.
- Oui, nous sommes venus voir le Voile.
- Le Voile est dans l'église Saint Michel Archange de Manoppello.

Augustin intervient en demandant à la sœur :

- Excusez-moi par avance, je suis candide en la matière. Qui est Saint Michel ?
- Saint Michel, nous dit la Bible est un archange, un chef parmi les anges. Il est à la tête de la milice céleste, chargé des combats contre le dragon et les anges

déchus. L'archange Michel est envoyé pour déployer une puissance extraordinaire, pour faire comprendre que Dieu est puissant et que tout doit se soumettre à Dieu.

Jacques demande alors :

- Merci pour ces explications, pouvez-vous nous amener devant le Voile ?
- Bien sûr, suivez-moi.

La sœur sort de son monastère. À sa suite, nous traversons la placette et entrons dans l'église Saint-Michel-archange. La sœur nous emmène jusque dans une salle où nous découvrons le Voile dans son cadre accroché au mur :

- Voici le visage de Dieu dans son humanité, mais transcendée par sa résurrection.
- Incroyable !

Ils sont tous les trois éblouis, profondément émus. Dieu s'est rendu visible en rejoignant l'homme dans la personne de Jésus.

Augustin, en voyant ce visage, a l'impression que Jésus le perce au jour par son regard. Il ne peut détacher ses yeux, fasciné et bouleversé à la fois. Lui si « fort » habituellement laisse couler deux larmes qui descendent lentement le long de ses joues. Il est comme visité par ce visage si emprunt de douceur et d'amour. Toute la tension de ces derniers temps avec les recherches infructueuses pour son père, l'absence de sa mère depuis tant d'années s'apaisent. Tout à coup il est enveloppé par ce regard si aimant qu'il laisse couler des larmes de reconnaissance. Plus besoin de se composer une image, il est compris et aimé pour lui-même.

Sœur Claire, Jeanne et Jacques s'agenouillent et contemplent le visage de Jésus.

Sœur Claire leurs proposent de se retrouver chez elle à 14h00 pour répondre à leurs questions. Jacques prévient tout bas Jeanne qu'il sort avec sœur Claire et qu'il les attend à l'hôtel pour partager le déjeuner.

Puis 30 minutes plus tard, Augustin qui s'était prostré en adoration se lève. Il regarde Jeanne. Ils se comprennent et sortent ensembles.

Il est onze heures. Le soleil rayonne dans un ciel bleu soutenu.

Augustin effleure la main de Jeanne, leurs mains se cherchent, leurs mains s'enlacent, et leurs mains s'épousent...

Jeanne laisse sa main blottit dans la main d'Augustin. Elle se tait comprenant l'instant unique. Elle se tait, attend, et écoute. Après quelques secondes, la voix mâle qui lui est cher, épanche son âme, de la profondeur de son être :

- Je voudrais te partager ce qui m'est arrivé devant le Voile.

Jeanne répond remplie de bienveillance :

- Oui.

Augustin poursuit essayant de dire l'ineffable :

- Devant le Saint Voile, j'ai senti ou plutôt, j'ai vécu dans mon cœur la proximité du Christ ; il est à la porte, il vient... Et puis ce fût l'expérience ineffable, la rencontre personnelle avec le Seigneur des Seigneurs. Sa présence se révéla à ma présence. Je le vis avec les yeux du cœur, ou plutôt, je l'entrevis. Sa sainteté se dévoila et je ressentis la distance qu'il y avait entre cette pureté et mon état de pêcheur. Sa présence se révéla à ma personne. Je me repentis de mes fautes et pleurai amèrement. Dans sa bonté le Seigneur me remplit de sa miséricorde. En même temps que sa sainteté et sa pureté, se manifestait son amour débordant.

Jeanne écoute avec recueillement ces paroles si profondes, tandis qu'Augustin poursuit :

- Je n'ai pas vu. Je n'ai pas entendu. Je n'ai pas touché. Je n'ai pas humé. Je n'ai pas goûté. Ce n'était pas une information captée par mes sens et transmise à mon intelligence, à ma conscience, à mon être. C'était une Présence, la Présence qui se communique directement à ma présence.

Jeanne laisse s'écouler le temps. Elle sait qu'ils vivent des instants d'éternité. Puis elle prend la parole :

- Je suis heureuse, je ne sais que te dire… Tu as vécu une expérience personnelle exceptionnelle…

La main dans la main, ils regagnent l'hôtel à l'heure prévue. Ils retrouvent Jacques qui comprend de suite que quelque chose a changé. Augustin est rayonnant et sa fille le couve d'un regard complice…

En début d'après-midi, tous les trois retrouvent sœur Claire au monastère.

- Pouvez-vous nous parler du Voile de Manoppello ? demande Jacques à sœur Françoise.
- Le Voile de Manoppello est un tissu très fin qui a été posé sur le visage d'un mort au tombeau. Chez les Juifs après la coiffe qui couvre la tête et tient le menton, le linceul qui couvre le corps, le voile sert à couvrir le visage dans le but de retenir les parfums de myrrhe et d'aloès.
- Quel est la nature du tissu ? demande Augustin.
- La nature du Voile est le byssus marin qui représente un tissu de grande valeur pour l'époque. Le byssus est un ensemble de fibres sécrétées par certains mollusques bivalves en Méditerranée. C'est un filament opalescent extrêmement fin.

- Quelles sont les caractéristiques de l'image ? s'intéresse Augustin.
- L'image semble en trois dimensions lorsqu'on la regarde à une certaine distance et sous un certain angle. Elle apparaît ou disparaît suivant l'angle de la lumière, et est visible de façon identique des deux côtés du Voile avec les mêmes teintes de couleur. L'image a les caractéristiques d'une pellicule photographique positive de type diapositive.
- A défaut de pouvoir dire ce que c'est exactement, nous pouvons peut-être dire ce que cela n'est pas. Par exemple,

l'image est-elle due à un procédé de peinture ? interroge Augustin.

- Cela ne peut être en aucun cas une peinture car il n'existe aucun résidu de couleur entre les fils de chaîne et de trame. De plus l'analyse par différentes moyens optiques montre l'absence d'ébauche et de correction, l'absence de bavures. Le fait de l'existence de la même image des deux côtés du tissu exclut toute peinture.

Augustin souhaite comprendre :

- Mais quel est le processus de formation de l'image du visage sur le Voile ?
- La formation de l'image est encore un mystère pour les scientifiques. Cependant avec un fort agrandissement on remarque que le contour de l'iris est en escalier. L'information est plus digitale qu'analogique, c'est-à-dire que le trait n'est pas continu mais constitué d'une suite de points. Cela confirme qu'il ne peut s'agir d'un coup de pinceau qui aurait nécessairement suivi l'arrondi de l'iris. Quelques fibres des pupilles semblent brûlées, comme si une source de chaleur avait lésé le tissu. Les quelques fibres des pupilles brûlées conduisent à envisager une formation par la chaleur, analogue à un brutal « coup de soleil » limité dans le temps.
- Un coup de soleil sur un linge ? Je sais bien qu'il fait chaud en Italie, mais comment cela est-il possible ? demande Augustin.

- En clair, le corps sous le Voile a émis de la lumière, plus exactement des particules de lumière appelées photons. Cette lumière a imprimé l'image du visage brûlant légèrement des fibres trop proches et transférant une information de façon digitale.
- En résumé la formation de l'image est unique, indique Augustin.
- Les mystiques et les chercheurs concordent sur le fait que ce portrait du visage du Christ n'est pas faite de main d'homme.

- Y a t-il des similitudes dans les visages du Voile de Manoppello et du Linceul de Turin ? interroge Jeanne.
- Le visage du Voile se superpose parfaitement au visage du Linceul. Il s'agit donc de la même personne avec une formation de l'image simultanée ou quasi simultanée. Les nombreux points de coïncidence mesurés le prouvent sans ambiguïté.
- L'image s'est-elle formée, comme pour le Linceul de Turin, en deux temps : dans un premier temps formation des traces de sang et dans un deuxième temps formation du visage ? demande Augustin.
- Tout porte à croire que l'image sur le Voile s'est formée en deux temps : d'abord impression des taches bidimensionnelles supposées d'origine sanguines ; ensuite impression des traits en relief du visage. La formation des images sur le Linceul et sur le Voile est

due à une émission de lumière à partir du corps lui-même.

Jacques prend le relais d'Augustin et demande :

- Pouvez-vous nous faire la description de l'image sur le Voile ?
- L'image montre, sur les deux côtés du Voile, le visage d'un homme encadré de cheveux avec du sang. Les traits des cheveux et les détails sont tracés avec précision. La coloration est intense, les nuances de couleur tendent vers le brun.
- Mais encore…
- Le front est haut, encadré de cheveux tombant sur les épaules avec des boucles. L'homme porte une moustache clairsemée et une barbe divisée en deux parties. Les lèvres sont légèrement rosées. Le visage a les yeux ouverts et représente une personne vivante. Les yeux sont bruns et regardent intensément de côté et vers le haut, laissant entrevoir le blanc sous l'iris. Le visage est asymétrique, contusionné, avec un côté plus enflé. Le front et les lèvres sont mouchetés de rose, évoquant autant de plaies. La joue droite paraît enflée. Le nez est tuméfié et semble cassé en son cartilage. Les narines sont inégales. La barbe est partiellement arrachée par endroits. La moustache est clairsemée avec des poils séparés. Des taches se distinguent. Elles pourraient être interprétées comme du sang, en particulier près de la bouche et du nez.

Ces taches sont bidimensionnelles et sans rapport avec le relief du visage.

- Y a-t-il des traces de la couronne d'épines qui identifie le Christ ? demande Jacques.
- Les photos digitales de hautes définitions mettent en évidence de minuscules taches, probablement de sang, au centre duquel se trouve un petit trou, peut être dû à la couronne d'épines.
- Pourtant, c'est le visage d'un vivant, souligne Jacques.
- C'est le visage de Jésus vivant. Sur le Voile de Manoppello, le visage de Jésus ressuscité garde les traces de la passion.

Ils restent silencieux quelques instants devant l'importance de cette découverte. Puis la sœur reprend :

- Avez-vous remarqué que vos deux dernières étapes sont exceptionnelles et se déroulent en des lieux consacrés à des êtres de premier plan ?
- Cathédrale Saint Jean-Baptiste pour Turin ? répond Jacques attentif.
- Oui, Saint Jean-Baptiste, est plus qu'un prophète. Cet homme est venu préparer le chemin du Seigneur Jésus. Il est tué par décapitation. Le Seigneur Jésus, l'agneau immolé, est tué par crucifixion.
- Église Saint-Michel Archange pour Manoppello poursuit Jacques.
- Oui Saint-Michel est un archange, le chef des milices célestes. Il combat pour Dieu et précipite les démons du ciel sur la

terre. Il est vainqueur des forces du mal. Le Seigneur Jésus, le lion de Juda, est vainqueur par sa résurrection.

Sœur Claire attend quelques secondes puis reprend :

- Je remarque également que vos deux dernières étapes concernent les deux seules vraies représentations de Jésus, non faites de main d'homme.

Jacques répond :

- La première est le Linceul de Turin, avec l'empreinte comme en négatif du corps de Jésus représentant un homme supplicié, crucifié conformément aux Écritures, avec les yeux fermés, la bouche fermée, mort.

Jacques poursuit sa réponse :

- La deuxième est le Voile de Manoppello, avec cette fois l'empreinte comme en positif du visage de Jésus représentant un homme gardant les traces de la passion conformément aux écritures, avec les yeux ouverts, la bouche ouverte, vivant.
- Oui, c'est proprement incroyable, intervient Augustin.

Sœur Claire devient solennel :

- Il est vraiment ressuscité. Il est Vivant pour l'éternité des temps.
- C'est incroyable, nous avons vu le visage de Dieu. Avec ces deux dernières étapes nous terminons notre chemin. Il me reste beaucoup à faire pour réfléchir, mettre en forme, communiquer tout ce que nous avons découvert.

- Je prierai pour vous, promet sœur Claire.
- En tout cas nous vous remercions de tout cœur pour tout et pour votre prière qui nous aidera et nous soutiendra.

Ils prennent donc congé de la sœur. Le lendemain, ils s'en reviennent via l'aéroport de Rome et de Roissy.

8 Ultime secret

Jeanne, Jacques et Augustin rentrent de leur périple renouvelés dans leur être intérieur.

Ils sont tous les trois installés dans le salon de la maison d'Augustin.

Augustin s'adresse à Jacques :

- Finalement, dans cette aventure tu as perdu beaucoup.
- Et même si j'avais tout perdu, j'y gagne.

Augustin s'interroge et demande :

- Pourquoi ?
- A cause de cette rencontre unique avec notre Dieu, lui répond Jacques.

Augustin ne répond rien réfléchissant aux paroles de Jacques. Alors Jacques reprend, porté par son ressenti de la relation entre Jeanne et Augustin :

- Mais toi que gagnes-tu en plus d'avoir rencontré celui qui est tout ?
- Même sans cette rencontre qui change tout, j'y gagne.

Jacques feignant l'étonnement :

- A oui ?

Augustin pose son regard d'amour sur Jeanne :

- Même si j'avais tout perdu, j'y gagne…

Jacques sentant la tournure des évènements s'éclipse prétextant un travail d'écriture.

Augustin se tourne alors vers Jeanne et poursuit :

« J'y gagne à cause de tes cheveux flottant au vent.

J’y gagne par ton sourire qui me réchauffe le cœur.

J’y gagne parce que tu es soleil dans ma vie.

J’y gagne car tu as allumé en mon cœur un feu qui ne s’éteindra jamais.

J’y gagne car tu es mon unique et que je suis ton unique.

J’y gagne parce que tu es toi et que je suis moi... »

Jacques doit préparer une série d'articles sur le graal pour son journal. Il décide cependant de commencer à mettre noir sur blanc ce que lui disent les cinq linges sur lesquels il a enquêté indépendamment de toute influence extérieure et notamment indépendamment de la lecture des évangiles. Il compte bien proposer sa découverte à Pierre Canquelou, son rédacteur en chef, mais postérieurement à la remise des articles sur le graal.

Après des heures passées à son bureau, il relit l'ébauche de son « œuvre » :

Enquête sur le meurtre d'un innocent à partir des pièces à conviction constituées des cinq linges et des témoignages recueillis.

Il hésite sur le titre. Bouleversé par la découverte du supplice de ce Jésus innocent, il avait pensé dans un premier temps au titre : « Un meurtre judiciaire, vieux de 2000 ans, élucidé. », mais il l'avait ensuite rayé.

Introduction

Nous avons étudié cinq linges concernant la torture et le meurtre d'un homme nommé Jésus, il y a deux mille ans.

Les cinq pièces à conviction sont :

- La chemise d'Argenteuil en France, qu'a revêtu le supplicié, après la flagellation, pour porter sa croix ;

- Le Suaire d'Oviedo en Espagne, qui a servi à essuyer le visage du crucifié après sa mort et avant sa mise au tombeau ;
- La Coiffe de Cahors en France, qui a servi à couvrir la tête du mort et qui a servi de mentonnière au moment de la mise au tombeau ;
- Le Linceul de Turin en Italie, qui a servi à envelopper le corps du mort à la mise au tombeau ;
- Le Voile de Manoppello en Italie, qui a servi à couvrir le visage du mort à la mise au tombeau.

Condamnation et supplices (à développer)

Crucifiement et mort (à développer)

Mise au tombeau (à développer)
Lieu, date et heure de la mort de Jésus
Mise au tombeau

Résurrection
Durée ou le corps demeure dans la sépulture (à développer)

Cause de l'empreinte du corps sur le Linceul

L'image du corps ne s'est pas imprimée sous les traces de sang. Donc l'image s'est imprimée postérieurement, au moment de la sortie du corps du Linceul. Les images des pièces de monnaie et l'objet ovale sous le cou laissent une trace sur le Linceul indiquant un effet thermique de production de l'empreinte. Les images des fleurs sont produites par irradiation avec un rayonnement. Sur l'empreinte du Linceul les os des doigts et des mains sont visibles, ainsi que l'os nasal.

L'image de la face et de l'ensemble du corps est très précise et n'a subi aucune déformation. Or un linge posé sur un corps en épouse plus ou moins les formes, de sorte que si le corps imprimait son image, cette image apparaîtrait déformée sur le linge mis ensuite à plat. Le Linceul a bien épousé le relief du corps au moment de l'ensevelissement, comme en témoigne les taches de sang du côté de la tête qui sont un peu décalées vers l'extérieur. Mais l'image elle-même, formée plus tard, est telle que si elle avait été projetée sur un linge absolument horizontal et en dehors de toute pesanteur.

L'empreinte sur le Linceul de Turin, avec des informations trois dimensions (tridimensionnalité) et absence de direction privilégiée de la lumière (isotropie), ne s'expliquent que par l'émission de lumière à partir du corps lui-même avec une énergie considérable (John Jackson, PH.D., directeur du Turin Shroud Center of Colorado et Alan Wangher, professeur au Duke University Medical Center de Durham, chercheurs américains).

C'est de plus une image à deux dimensions contenant des informations trois dimensions. Oui, l'image présente des caractères d'isotropie, ce qui veut dire que l'image ne permet pas de déceler une direction privilégiée de lumière.

Récit de la résurrection

Le corps du crucifié est là dans son Linceul depuis le vendredi vers 18h00. Le corps de l'homme est dans le tombeau depuis 36 heures.

Le matin de Pâques vers 6h00 du matin, l'esprit de l'homme revient dans son corps avec une énergie considérable. Le corps reprend vie, mais c'est un corps sous un autre aspect. Il s'agit d'un corps ressuscité avec quatre propriétés spécifiques.

La première propriété est la gloire. Un rayonnement électromagnétique émane du corps du Christ. Il s'agit d'une lumière ayant tout à la fois un aspect ondulatoire et corpusculaire. Cette lumière va produire une image par une légère brûlure sur le Linceul et sur le Voile.

En effet sur le Linceul l'analyse montre que l'image résulte d'une oxydation superficielle de la cellulose du lin. Cette oxydation est due à un phénomène thermique, puisque les pièces posées sur les yeux de « l'homme du Linceul » ont, elles aussi, provoqué la même oxydation. De plus des fibres sur le Linceul et le Voile sont légèrement brûlées.

Au début, le corps rayonnant rencontre le Linceul, qui a recouvert le devant du corps sauf au niveau de la tête ou ce rayonnement rencontre d'abord la Coiffe puis le Linceul. L'image du Linceul pourrait donc être affectée de la présence de la Coiffe.

Puis le Christ ressuscité devenu glorieux traverse la Coiffe qui se détache de la tête, s'affaisse sur elle-même par gravité et donc s'affaisse sur la partie dorsale du Linceul.

Ensuite le Christ ressuscité imprime directement le Linceul d'un côté en y laissant l'image de ses cheveux. Puis il traverse la partie supérieure du Linceul et l'autre côté du Linceul reçoit un peu de rayonnement ce qui explique la double superficialité de l'image.

Le rayonnement imprime l'image du corps sur le linge, et le corps passe à travers le Linceul. Les parties internes visibles sur le Linceul sont les parties dures du corps, les plus proches de la surface de la peau, et qui ont dégagé une dose de radiation supérieure à celle des tissus mous environnants. L'empreinte sur le tissu est superficielle et correspond à une profondeur infime du tissu.

La partie de devant du corps traverse la partie supérieure du Linceul de façon optimum pour que les radiations laissent une empreinte. La partie dorsale du corps ne traverse pas la partie inférieure du Linceul mais laisse son empreinte par contact direct avec le linge, car les parties du corps qui l'ont touché ont laissé des marques plus nettes que celles qui ne l'ont pas touché.

Le visage traverse ensuite le Voile de Manoppello et laisse son empreinte des deux côtés du Voile.

Le corps a traversé le Linceul par le haut ce qui explique :

- la double superficialité et les informations tridimensionnelles du devant du corps,
- l'absence de double superficialité et de dimensions tridimensionnelles du dos.

Le corps a traversé le Voile de Manoppello ce qui explique :

- la double superficialité et les informations apparentes tridimensionnelles de l'image du visage.

Les radiations ont été optimales pour réaliser l'empreinte sans altérer le tissu (quelques fibres semblent brûlées au niveau de l'image des cuisses sur le Linceul de Turin, quelques fibres semblent brûlées au niveau des pupilles du Voile de Manoppello).

Au moment de cet « évènement unique », le corps traverse le Linceul et laisse l'empreinte d'un homme mort crucifié. Juste après, le visage du ressuscité « traverse » le Voile en y laissant son empreinte de ressuscité.

La deuxième propriété est le don de force. Ce corps n'est plus soumis aux lois physiques, il n'est plus soumis aux lois de la pesanteur. Le poids du corps ne fait plus son effet, cela explique que les silhouettes de face et de dos sont de même intensité. De plus il n'y a pas d'écrasement des fessiers dû au poids.

La troisième propriété est le don du corps spirituel. Le matin de Pâques un « évènement » se produit, le corps n'est plus soumis aux principes d'exclusion de Pauly. Ce principe explique que deux particules de matière ne peuvent occuper le même espace-temps. Le corps passe au travers de la Coiffe, du Linceul et du Voile sans laisser de traces d'arrachement des fibrilles du lin ou des caillots sanguins.

La quatrième propriété est l'impassibilité. Le corps ressuscité n'est plus soumis à la mort. Le corps de Jésus n'a jamais été retrouvé. Il est monté au ciel avec son corps ressuscité le jour de l'ascension.

Parties à développer ultérieurement

Validité des pièces à conviction, analyse historique et scientifique

Concordance des linges entre eux

La correspondance des visages du Linceul de Turin et du Voile de Manoppello montre que l'homme est de type juif. Le nez mesure environ 8 centimètres. La barbe se divise en deux petites pointes, la partie gauche est plus fournie que la droite. Les visages du Linceul et du Voile ont la même dimension et sont superposables.

Concordance des pièces à conviction avec la parole de Dieu

Description physique de la Résurrection

Caractéristiques physiques du corps ressuscité du Christ

Satisfait du travail effectué, Jacques s'offre une pause et part se promener au parc des ibis au Vésinet. Il est au milieu du petit jardin du moyen-âge lorsqu'il aperçoit un banc. Il s'y dirige pour laisser son intelligence et sa mémoire faire le point de son vécu, depuis la mission donnée par le rédacteur en chef.

Il est en déplacement dans le temps et dans l'espace, en Espagne, lorsqu'il entend à son adresse :

- Vous permettez ?

A sa voix, à sa vue, à sa présence, il reconnaît l'alerte Vieillard au beau visage marqué par les ans et la sagesse acquise…

Jacques voit l'interrogation dans les yeux du vieil homme :

- J'ai accompli ce que vous m'avez demandé, répond-t-il serein.
- Tu as suivi le chemin de l'initiation, les sept étapes pour atteindre le vrai trésor. Tu as compris... Tu as découvert que Jésus a tout accompli…
- Assurément.

Le Vieillard reprit :

- Il est le vainqueur, le code 777 marque sa victoire totale et définitive sur la bête et sur son chiffre. 7 comme la perfection du Père, 7 comme la perfection du Fils, 7 comme la perfection du Saint-Esprit, 777 comme la perfection de notre Dieu 1.
- Oui, il a tout accompli.
- Le Verbe, le Fils de Dieu, s'est incarné il y a deux mille ans. Il est devenu le Fils de l'Homme. Il a vécu trente années d'homme caché. Il a vécu trois années de

ministère public. Il a vécu une agonie de trois heures sur la croix. Mais la mort n'a pas pu le retenir plus de trois jours dans ses entrailles.

Le Vieillard poursuit :

- Ton périple t'a conduit d'une quête humaine d'un trésor à la quête de Dieu. De la quête mythique du Saint Graal à la découverte **du vrai visage de Dieu**.
- Oui, c'est vrai, j'ai découvert un trésor !
- Le Linceul de Turin et le Voile de Manoppello sont les deux seules vraies images du visage du Seigneur Jésus-Christ, non faite de main d'homme.
- Oui, c'est incroyable.
- Le Linceul de Turin, la Tunique d'Argenteuil, le Suaire d'Oviedo, la Coiffe de Cahors et le Voile de Manoppello sont un signe de la passion, de la mort et de la résurrection du Jésus des évangiles.
- Oui, ce sont de vraies pièces à conviction.

Le Vieillard devient solennel et sa voix se fit plus grave :

- La mort et la résurrection du Seigneur ont produit l'empreinte du corps comme en négatif sur le Linceul de Turin représentant l'Homme supplicié, crucifié conformément aux Écritures, avec les yeux fermés, la bouche fermée, mort.
- Oui, c'est un signe donné aux hommes.
- La résurrection du Seigneur a produit l'empreinte du visage en positif sur le Voile de Manoppello, représentant la face

de l'Homme gardant les traces de la passion conformément aux Écritures, avec les yeux ouverts, la bouche ouverte, vivant.

- Oui, c'est le signe donné aux hommes.

La voix du Vieillard s'intensifia :

« Il est ressuscité. Il est vraiment ressuscité.

Il est vivant. Il est le Vivant pour l'éternité des temps. »

Après un temps de silence, le Vieillard me dit alors :

- As-tu vu le signe ?
- Quel signe ?
- Le signe du poisson.
- Non, répond Jacques dubitatif.

Le Vieillard poursuit d'une voix affectueuse en dépliant un papier issu de sa poche :

- Regarde les sept quatrains des sept étapes que tu as accomplies

« Icône consacrée, patrie Sainte Mère,
les trois sont un sacré, les deux sont au Père.
L'icône est beauté, du saint monastère,
Dieu Un et Trinité, au cœur du mystère. »

« Couvert du Saint Esprit, la vierge enceinte
donna Jésus épris, d'humanité sainte.
Il fit nos délices, sans équivalence,
trouve le calice, il est de Valence. »

« Hâtif, se fit homme, pour nos péchés lavés,
et bête de somme, nous a par croix sauvé.
Celte robe blanche est couture innée,
maigre maison blanche chez la fille aînée. »

« Tu es San Salvador, par les sang et sueur,
versés en gouttes d'or, pour être la lueur.
Tu laves nos péchés tel est notre credo,
le suaire taché est en « Ubi-edo ».

« Halo, il te couvre, de toutes tes erreurs,
va et le découvre, aux cadurques sans peurs.
Il est sainte tête, dont nous sommes le corps,
du diacre en-tête, suis le au son du cor. »

Unis ils étaient forts, mais survint le pire,
imprimé par la mort, au plus long empire.
Point taureau malheureux, mais agneau immolé,
ses disciples peureux, se virent désolés.

S'il est le divin vin, mais aussi divin pain,
et ne se donne en vain, manne à pleine main.
Dans le pays du corps, vrai icône citée,
faites sonner le cor, il est ressuscité.

- Écoute, poursuit le vieillard, prend les premières lettres des sept quatrains.

Le Vieillard, patient, laisse à Jacques le temps de la réflexion :

- Cela fait I, C, H, T, H U, S.
- Qu'en penses-tu ? interroge le Vieillard.
- Je n'en sais rien, qu'est-ce que cela signifie ? interroge à son tour Jacques.
- ICHTHUS vient du grec et signifie : poisson. C'est par le signe du poisson que les premiers chrétiens se reconnaissaient lors des persécutions.
- Mais pourquoi ce signe du poisson ?
- ICHTHUS sont les initiales grecques des mots Iesous pour Jésus, CHristos pour Christ, THeou pour de Dieu, Uios pour Fils, Soter pour Sauveur.

Jacques dont le visage montre que son intelligence s'éclaire :

- Ce qui donne : **Jésus-Christ, Fils de Dieu, Sauveur**.
- C'est le fondement de la foi, que l'on appelle aussi le Kérygme.

Le Vieillard poursuit :

- Jésus est vrai homme et vrai Dieu. Jésus était mort, il est ressuscité. Jésus est le Seigneur, à la gloire de Dieu le Père, dans la puissance du Saint-Esprit.

Le Vieillard reprend :

- Le mystère c'est la kénose de Dieu en son Verbe qui se fait homme.
- Comment faut-il comprendre cela ?
- Le Verbe, c'est-à-dire le Fils tout puissant, s'abaisse par l'incarnation et assume notre condition humaine. Il

s'abaisse encore bien plus et assume toutes les souffrances et toutes les conséquences du péché, jusqu'à la mort de la Croix et jusqu'à la descente aux enfers. Le Verbe manifeste la kénose de l'amour divin en son ultime perfection. C'est ce qu'a perçu Paul lorsqu'il nous parle de Jésus dans l'épître aux Philippiens en 2, 5-11 :

« 5Ayez en vous-mêmes les mêmes sentiments
dont était animé le Christ Jésus :
6bien qu'il fût dans la condition de Dieu,
Il n'a pas retenu avidement son égalité avec Dieu ;
7mais il s'est anéanti lui-même,
en prenant la condition d'esclave,
en se rendant semblable aux hommes,
et reconnu pour homme par tout ce qui a paru de lui ;
8il s'est abaissé lui-même,
se faisant obéissant jusqu'à la mort,
et à la mort de la croix.
9C'est pourquoi aussi Dieu la souverainement élevé,
et lui a donné le Nom qui est au-dessus de tout nom,
10Afin qu'au nom de Jésus,
tout genou fléchisse dans les cieux,
sur la terre et dans les enfers,
11et que toute langue confesse,
à la gloire de Dieu le Père,
que Jésus-Christ est SEIGNEUR. »

Jacques pensant comprendre :

Mais alors la religion chrétienne est celle qui détient la Vérité ?

Le Vieillard prend alors quelques instants pour donner du poids à sa parole :

Écoute et comprend, **l'ultime secret**.

- Quel est-il ? s'enquiert Jacques.
- Celui qui détient la Vérité est celui qui applique la parole rapportée par Matthieu 22, 35-40 : « 35**Et l'un d'eux, docteur de la loi, lui demanda pour l'embarrasser : «** 36**Maître, quel est le plus grand commandement de la loi ? »** 37**Il lui dit : « Tu aimeras le Seigneur ton Dieu de tout ton cœur, de toute ton âme et de tout ton esprit.** 38**C'est là le plus grand et le premier commandement.** 39**Un second lui est égal : Tu aimeras ton prochain comme toi-même.** 40**En ces deux commandements tient toute la Loi, et les Prophètes.** »

Jacques qui commence à comprendre :

- Mais alors, ces deux commandements d'amour priment sur tout…
- **Oui, et la vérité te rend libre, et la liberté te fait être…**

Le Vieillard me fixa alors de longues secondes de son regard pétri d'humanité…

Soudain, la création entière se fit écoute. Le temps s'immobilisa et l'espace se réduisit à nos présences. Sa voix alors se fit entendre :

- Tu écriras le récit de ton cheminement depuis notre première rencontre. Puis, ta vie sera annonce du Kérygme dans la puissance du Saint-Esprit.

Le Vieillard continua avec autorité :

- A tous fait l'Annonce, les temps sont accomplis. L'heure est venue de donner au monde le Signe.

Jacques demeura toutes ouïes :

- Quel signe ?

Mais le Vieillard poursuivit sa pensée :

- Tu vas faire le récit de ce qui est écrit dans la parole de Dieu et sur les saints Linges. Le récit du Signe qui fut donnée au monde il y a deux mille ans et qui lui est donné encore aujourd'hui.

Jacques voulant être sûr de comprendre :

- Pouvez-vous me préciser quel signe ?

Le Vieillard :

- Rappclle-toi la Parole en Matthieu 12, 38 : « **Alors quelques-uns des scribes et des Pharisiens prirent la parole et dirent : « Maître, nous voudrions voir un signe de vous.** »

Jacques se remémore ce passage clé maintes fois entendu :

- Oui.

Le Vieillard poursuivit avec puissance :

- « [39]**Il leur répondit : « Une génération mauvaise et adultère réclame un signe : il ne lui sera pas donné d'autre signe que le signe du prophète Jonas.** [40]**Car de même que Jonas fut trois**

jours et trois nuits dans le ventre du poisson, ainsi le Fils de l'homme sera dans le sein de la terre trois jours et trois nuits. » tel fut la réponse de Jésus selon Matthieu 12, 39-40.

Le Vieillard marque une pause, pour laisser le temps à la parole de pénétrer en Jacques, du cœur de son intelligence à l'intelligence de son cœur, et reprit :

- Comprends-tu ?

Jacques est suspendu aux paroles d'autorité du Vieillard :

- Oui, je crois. Le Fils de Dieu est Dieu, avec le Père et le Saint-Esprit. Ce Fils s'est incarné en Jésus. Le Signe, c'est Jésus mort et ressuscité, le signe du poisson de Jonas, ICHTHUS en grec : **« Jésus-Christ, Fils de Dieu, Sauveur ».**
- Jésus est mort et ressuscité dans un corps libéré des lois physiques et biologiques. Sa résurrection authentifie qu'il est Dieu.

Le Vieillard devint alors épris de compassion :

- Tu écriras pour ce temps. Tu écriras pour les faibles, les pauvres de cœur, les mendiants d'amour. Tu écriras pour les forts en science, les forts en philosophie, les forts en théologie. Tu écriras pour les forts en gueule, les forts en l'homme, les forts en l'humanité….

Le Vieillard laissa passer quelques instants et sa voix tomba comme un couperet :

- Tu écriras : « **La Résurrection au risque de la Science** » et « **Pièces à conviction du Messie d'Israël** ».

Le Vieillard me regarda alors longuement dans les yeux, et je ressentis le poids de son amour qui me faisait être. Puis il dit :

- Je pars.
- Où pars-tu ?

Le Vieillard me dit alors :

- Je pars où je demeure.
- Où demeures-tu ?

Le Vieillard se leva alors tandis qu'il poursuivait :

- Là où je demeure, il ne t'est pas donné d'aller. Remplis la mission. Quand les temps seront accomplis, tu me retrouveras.

Il se retourna, fit quelques pas, et disparut dans la lumière évanescente du soleil couchant…

Depuis je ne l'ai jamais revu, mais je crois que je le reverrai un jour…

Annexe 1 – Icône de la Trinité de Roublev

L'icône de la Trinité de Roublev

L'icône représente à l'origine la visite des trois anges venus annoncer à Abraham et Sarah qu'ils attendraient un fils.

Le sujet se déploie en prière, en méditation, en théologie. L'icône dit quelque chose du mystère de Dieu et du mystère de l'homme. Elle est une méditation sur la Trinité, sur la vie intime de Dieu. Elle est une médiation sur le salut du monde.

L'icône est recherche de beauté, donc recherche de Dieu. Elle est le visible représenté qui s'efforce de dire l'invisible. L'icône veut dire l'ineffable selon la première épitre de Jean en 5, 7 : « **Car il y en a trois qui rendent témoignage dans le ciel : Le Père, le Verbe et l'Esprit ; et ces trois sont un.** »

Les trois personnages sont à la fois des anges et une représentation de chaque hypostase divine. Ils sont semblables et différents. Les trois personnes sont semblables pour souligner leur égalité, leur égale divinité. Les trois sont cependant uniques avec une spécificité propre.

Au-dessus du personnage central un arbre désigne l'arbre de vie. C'est l'arbre dont parlent la Genèse et l'apocalypse, le premier et le dernier livre de la Bible. C'est l'arbre donnant du fruit douze fois par an, et dont le feuillage sert à la guérison des nations. C'est l'arbre de la création qui représente la communication du Père. Il représente donc le Fils car tout a été fait de ce qui a été fait, par lui, pour lui et en lui. Il représente le Fils qui dit : « Je suis le premier et le dernier ». C'est l'arbre de la recréation, le bois de la croix, qui sert à la guérison des nations.

Il représente la renaissance. « Il te faut naître de nouveau » dit Jésus.

Parmi les trois anges, l'ange central est celui qui attire en premier le regard. La prééminence de l'ange du milieu le désigne comme représentant du Père créateur de toute chose. Le Père engendre le Fils, et le Saint-Esprit procède du Père (et du Père à travers le Fils).

L'art russe dérive de l'art byzantin. L'empereur était habillé de pourpre bleu et l'impératrice de pourpre rouge. L'ange du centre est vêtu d'une tunique rouge pourpre et d'un manteau bleu comme les grands dignitaires impériaux, avec la bande jaune, le claviculum, qui est leur insigne. Le Dieu Père est à la fois Père et Mère…

En haut à droite le rocher en un seul bloc est en forme de vague. C'est le grand rocher de Daniel. La bible relate le rêve du roi de Babylone Nabuchodonosor. Dans son rêve un rocher se détache et frappe une immense statue. Le prophète Daniel interprète le rêve du roi en indiquant que ce rocher désigne le messie venu instaurer un nouveau royaume sur tout l'univers à la place des quatre empires du mal qui seront détruits. Le rocher, c'est le messie, le Christ, le Fils de Dieu. Le rocher représente également les fondations de l'Église instituée par Jésus.

L'ange qui se trouve sous le rocher représente le Fils. Le Père est complètement tourné vers le Fils, car il engendre continuellement le Fils.

L'ange de droite est vêtu d'une tunique d'un bleu un peu moins prononcé que le bleu du manteau du Père. Ce bleu pour le Fils symbolise la sagesse. La sagesse incarnée, c'est le Verbe, la deuxième personne de la Trinité. L'ange de droite est vêtu d'un manteau vert très doux, symbolisant la nature. La bible dit en Jean 1,1 « **Tout par lui a été fait, et, sans lui, rien n'a été fait de ce qui a été fait** ». Le Verbe (Fils) est donc lié directement et de façon mystérieuse à la création.

En haut à gauche, le bâtiment désigne l'Église. L'Église est fondée par le Christ et animé par l'Esprit. Jésus nous dit que les forces du mal ne prévaudront pas sur l'Église. Elle est conduite par le Saint-Esprit.

L'ange de gauche représente le Saint-Esprit.

L'ange de gauche est vêtu d'une tunique d'un bleu un peu moins prononcé que le bleu du manteau du Père. Le manteau de l'ange de gauche reflète une multitude de couleur : bleu, rouge, ocre jaune, nacre… Il a quelque chose d'indéfinissable dans ces couleurs, ou de mouvement dans ces couleurs qui dit l'Esprit-Saint qui est et donne vie.

La communication est intérieure à Dieu. Ce dernier se communique à l'intérieur de lui-même entre les trois personnes. L'ensemble des personnages s'inscrit dans un cercle. La représentation divine est dynamique. Il se voit un mouvement circulaire des trois personnages, une dynamique, une communion qui veut dire qu'ils sont un.

Un mouvement immobile se dessine. Les trois personnages sont majestueux de gravité, imbibé de douceur et rayonnant de paix, tendresse et pitié. Ils sont en mouvement entre eux par l'orientation des corps, des yeux, des mains. Les trois personnages se livrent, s'épanchent, dans la simplicité et l'humilité.

La similitude différence communiée est unité totale. Les trois personnages, image des trois hypostases divines ne font qu'un. Ils disent le mystère d'unité de la Sainte Trinité.

Le Père est tout entier au Fils car tourné par le corps vers le Fils et tout entier à l'Esprit car tourné par le regard vers l'Esprit. C'est la profession de foi orthodoxe : Le Fils est engendré du Père et le Saint-Esprit procède du Père.

Le Père est tourné vers le Fils. Le Père et le Fils regardent le Saint-Esprit. C'est la profession de foi catholique : le Fils est engendré du Père, et le Saint-Esprit procède du Père et du Fils.

La profession de foi chrétienne pourrait être : le Fil est engendré du Père, et le Saint-Esprit procède du Père et du Père à travers le Fils.

Il existe une fécondation divine au centre même de Dieu, au plus intime de son essence, de son être même. La fécondation divine produit un gain qualitatif de beauté de la bienheureuse Trinité sainte. La fécondation, nouvelle et éternelle, de l'Esprit-Saint a lieu au sein même de la divinité, dans les profondeurs de Dieu à jamais inaccessibles aux anges et aux hommes.

Les trois anges sont venus annoncés à Abraham qu'il aura un fils, un descendant. Cette descendance, annoncée à l'humanité à travers Abraham, peut être vu comme le Christ.

En effet Saint Paul ne dit-il pas dans Galate 3, 16 : « Or, c'est à Abraham que les promesses ont été faites et à sa descendance. On ne dit pas : « et à ses descendants » comme pour plusieurs, mais comme pour un seul : « et à ta descendance, » qui est le Christ. ».

Le Père envoie le Verbe pour s'incarner en Jésus. Le Saint-Esprit guide le Fils au long de sa vie terrestre, l'assiste dans sa mission de sauveur des hommes. Le regard du Saint-Esprit posé sur le Fils est plein de bonté et d'assurance. Le Père et le Saint-Esprit témoignent du Fils en le désignant de la main. Elle est allongée avec l'index et le majeur étendus. Main levée, ce signe de l'index et du majeur, désigne la bénédiction du Christ et notamment du Christ Pantocrator. Le Père et le Saint-Esprit par ce geste désigne le Fils et témoigne du Fils comme le dit l'Écriture en Jean 8, 17-18 : « **17 Il est écrit dans votre Loi que le témoignage de deux hommes est vrai : 18 or, à rendre témoignage de moi-même, il y a moi, et le Père qui m'a envoyé rend témoignage de moi.** » et en Jean 15, 26 : « **Lorsque viendra l'Intercesseur que je vous enverrai d'auprès du Père, l'Esprit de vérité qui procède du Père, il rendra témoignage de moi.** ».

La prophétie messianique se réalise avec la naissance de Jésus. Le Verbe s'est fait chair. Le Verbe, le Fils envoyé est représenté par l'ange de droite. Le Fils, à droite, tête penché sur la coupe, sait sa destinée. Il est grave mais accepte sa mission salvatrice la main droite abaissée en signe de consentement. Le salut de l'humanité passe par la passion, la mort et la résurrection du Fils, Dieu fait homme, afin que l'humanité communie un jour à l'Amour Infini de la Sainte Trinité.

L'icône est en mouvement entre les trois personnages dans un cercle. L'icône est en mouvement par le jeu des regards : le Père regarde le Saint-Esprit. Le Saint-Esprit regarde le Fils. Le Fils regarde la coupe. Le Père rejoint l'homme par le Saint-Esprit dans l'incarnation du Fils et dans sa rédemption.

Le Père et le Saint-Esprit portent témoignage que Jésus est leur envoyé, le Verbe incarné, le rédempteur du monde dont la coupe tout à la fois annonce et fait mémoire.

La communication ad extra est centrée sur la coupe posée sur un autel.

Le personnage de droite se mire dans le vin ou le sang de cette coupe

L'icône de la Trinité de Roublev

Au centre des trois personnes, la coupe se trouve au centre de trois coupes successives dont la plus représentative est formée par les deux anges latéraux de la tête aux pieds. Dieu Père se communique à l'extérieur de lui-même par le Saint-Esprit et le Verbe (Fils) et cette communication est centrée sur la coupe posée sur l'autel. Le Verbe et le

Saint-Esprit sont au cœur du mystère de l'incarnation et de la rédemption.

Le personnage de droite se mire dans la coupe où le vin devient le sang du Christ. La consécration, c'est le miracle qui se reproduit à chaque messe. Le pain et le vin deviennent le corps et le sang de Jésus. Nous ne réalisons pas assez ce grand miracle qui se reproduit à chaque célébration eucharistique…

Pour restaurer l'icône, les peintres ont enlevé les couches de peinture successives. C'est ainsi qu'ils ont découvert qu'à la surface de la coupe apparaissent les traits du Visage du Verbe incarné. L'ange de droite se penche sur la coupe et y contemple sa Sainte Face. Il accepte sa mission de sauveur des hommes.

L’icône de la Trinité de Roublev